後來雨樓舊藏

南社詩箋

復旦大學圖書館 編
吴格 戴群 吴佳良 整理

蘇州新聞出版集團
古吴軒出版社

圖書在版編目(CIP)數據

南社詩箋 / 復旦大學圖書館編 ; 吴格, 戴群, 吴佳良整理. -- 蘇州 : 古吴軒出版社, 2024.3
(復旦大學圖書館特藏出版系列)
ISBN 978-7-5546-2284-1

Ⅰ. ①南… Ⅱ. ①復… ②吴… ③戴… ④吴… Ⅲ. ①南社-詩集 Ⅳ. ① I222

中國國家版本館 CIP 數據核字(2024)第 046547 號

責任編輯：黄菲菲
見習編輯：黄超群
裝幀設計：韓桂麗
責任校對：戴玉婷
責任照排：吴 静

書　　名：南社詩箋
編　　者：復旦大學圖書館
整　　理：吴 格 戴 群 吴佳良
出版發行：蘇州新聞出版集團
古吴軒出版社
地址：蘇州市八達街118號蘇州新聞大厦30F
電話：0512-65233679　　郵編：215123
出 版 人：王樂飛
印　　刷：蘇州市越洋印刷有限公司
開　　本：210mm × 285mm　1/16
印　　張：12.5
字　　數：154千字
版　　次：2024年3月第1版
印　　次：2024年3月第1次印刷
書　　號：ISBN 978-7-5546-2284-1
定　　價：98.00元

序

周東壁

先父周大烈，生於一九〇一年，江蘇省松江縣亭林鎮（今屬上海市金山區）人。自幼就讀家塾，自學成才。青年時加入高吹萬先生等創立之國學商兑會，以文事受知於吹萬先生。一九一九年，先生介紹先父與其女甥姚竹修（姚光胞妹）締婚。此後，先父常去金山張堰鎮姚光家。未久，姚光先生又介紹先父加入南社。

南社係一九〇九年由陳去病、高旭、柳亞子等發起成立，由柳亞子任主任。至一九一八年，因柳氏辭去主任職，群推姚光繼任，姚氏遂成爲南社後期主任。其時南社成員雖較前已大減，但仍有《南社叢刊》出版等事務須經理，各地社員之社課詩文稿等，亦均寄至張堰鎮，由姚光先生收發並答復，經采用、處理的部分南社詩箋原稿，先父陸續收藏於家。

一九三七年，日軍登陸金山衛，舉家避難，倉皇遷滬。未幾，亭林祖宅遭戰火焚毁，藏書之室因距離住宅稍遠，幸免於難。次年趁亂稍定，始將劫餘藏書及手稿、詩箋等運至滬寓保存。至一九六六年『文革』開始，家中又遭劫難，所幸藏書等僅部分損失，古籍尚存近萬册。一九七六年先父去世，時予尚就業醫院，未遑整理。一九九〇年退休後，整理先父遺書，始將原先夾置書中之南社詩箋一一檢出，集中保存。至二〇一九年，乃將南社詩箋百餘葉捐贈金山區圖書館。二〇二〇年，又將剩餘之南社詩箋逾百葉捐贈復旦大學圖書館。兩館接受捐贈後，均曾刊印圖録。此批南社詩箋，收藏雖分兩處，來歷實爲同源。兹承蘇州古吳軒出版社將復旦大學圖書館所藏南社詩箋正式出版，以廣流傳，海内外學人利用參考之餘，倘於南社研究略有裨補，則幸甚。

二〇二三年秋亭林周東壁謹識於滬上之四明村

目録

王立佛（石癡）

和陶飲酒　石癡

功名冷泉冷，富貴浮雲浮。不如杯在手，一醉傲王侯。挂冠歸栗里，有事於西疇。斗酒以自勞，園蔬逾珍羞。陶然共忘機，招彼鷺與鷗。

衆人皆醉矣，我不可獨醒。葛巾取漉酒，一尊竹葉青。賞菊東籬下，日夕餐落英。得意言詮忘，壁上無弦琴。偶然值鄰叟，招飲愜素心。

和陶飲酒　石癡

功名冷泉冷富貴浮雲浮不如杯在手一醉傲王侯挂冠歸栗里有事於西疇斗酒以自勞野蔌園蔬逾珍羞陶然共忘機招彼鷺與鷗　衆人皆醉矣我不可獨醒葛巾取漉酒一尊竹葉青賞菊東籬下日夕餐落英得意言詮忘壁上無弦琴偶然值隣叟招飲愜素心

王晋瓚

九秋詩

秋戍　匈奴未滅敢辭勞，萬里防胡擁節旄。塞外草衰輪迹遠，邊城月冷角聲高。魚書欲倩賓鴻寄，虎帳愁聞孤雁號。幾度瓜期歸未得，霜花又上舊征袍。

秋窗　瑟瑟西風澈夜吹，欲眠不得動秋思。窺人明月投懷早，解舞新篁寫影遲。一縷樨香從此度，三更蕉夢有君知。茜紗窗下空相憶，公子多情總是痴。

秋閨　蘭閨獨坐感華年，夫婿從軍秋未旋。手整寒衣愁遠道，心傷冷月怨孤眠。纖腰怕與黄花比，消息難憑紫雁傳。倦倚薰籠腸欲斷，今宵飛夢到郎邊。

秋舫　載酒尋秋畫舫移，美人名士學鴟夷。洞簫自譜霓裳曲，横槊誰吟烏雀詩。萬里清光浮玉棹，五湖艷福醉金巵。何須赤壁追蘇子，只此風流勝舊時。

秋飲　郭外尋秋快舉觴，呼僮載酒上高岡。飛觥先祝黄花壽，瀉盞還驚玉露凉。畢卓持螯浮大白，劉伶荷鍤對殘陽。銜杯惟覺天香滿，五斗陶然興轉長。

秋望　水色山光一望收，天涯王粲又登樓。半林紅葉隨風舞，遍地黄花潑眼愁。點點寒鴉栖遠樹，行行冷雁過前洲。悲秋我亦嗟淪落，對此蒼茫百感遒。

秋病　坐月渾忘翠袖寒，欺人霜露竟相干。偶因對菊驚容瘦，每爲添衣覺帶寬。蹙額愁聞蟲語鬧，蒙頭怕聽雁聲酸。凄風苦雨難成夢，伏枕倚床總不安。

秋雁　秋雁南來度玉門，蘆洲荻岸夢重温。霜天顧影驚寒渚，月夜尋踪認舊痕。繫帛横空飛露布，平沙晚落陣雲屯。年年博得深閨泪，塞外書來總斷魂。

秋社　社日行吟過水濱，扶僮作客飲東鄰。塞鴻北至來賓候，海燕南歸聚語辰。處處祈年喧里叟，家家卜稼祝田神。鷄豚壺酒陶然醉，醉别渾忘謝主人。

右拙作《九秋詩》九章，即應石子先生社課並求郢正，社末王晋瓚呈草。

九秋詩

秋戍

匈奴未滅敢辭勞萬里防胡擁節旄塞外草衰輪跡遠
邊城月冷角聲高魚書欲倩賓鴻寄虎帳愁聞孤雁號
幾度瓜期歸未得霜花又上舊征袍

秋窗

瑟瑟西風徹夜吹欲眠不得動秋思窺人明月投懷早
解舞新篁寫影遲弌縷樨香從以度弎更蕉夢有君知
茜紗窗下空相憶公子多情總是痴

秋閨

蘭閨獨坐感華年，夫壻從軍秋未旋。手整寒衣愁遠道，心傷冷月怨孤眠。纖腰怕與黄花比，消息難凴紫雁傳。惓倚薰籠腸欲斷，今宵飛夢到郎邊。

秋舫

載酒尋秋畫舫移，美人名士學鴟夷。洞簫自譜霓裳曲，横槊誰吟烏雀詩。萬里清光浮玉櫂，五湖艷福醉金卮。何須赤壁追蘇子，只此風流勝舊時。

秋飲

郭外尋秋快舉觴，呼僮載酒上高岡。飛觥先祝黃花壽，瀉盞還驚玉露凉。畢卓持螯浮大白，劉伶荷鍤對殘陽。銜杯惟覺天香滿，五斗陶然興轉長。

秋望

水色山光弌望收，天涯王粲又登楼。半林紅葉隨風舞，遍地黃花潑眼愁。點點寒鴉棲遠樹，行行冷雁過前洲。悲秋我亦嗟淪落，對此蒼茫百感遒。

秋病

坐月渾忘翠袖寒，欺心霜露竟相干。偶因對菊驚容瘦，每爲添衣覺帶寬。蹙額愁聞虫語鬧，蒙頭怕聽雁聲酸。悽風苦雨難成夢，伏枕倚床總不安。

秋雁

秋雁南來度玉門，蘆洲荻岸夢重温。霜天顧影驚寒渚，月夜尋蹤認舊痕。繫帛橫空飛露布，平沙晚落陣雲屯。年年博得深閨淚，塞外書來總斷魂。

秋社

社日行吟過水濱，扶僮作客飲東鄰。塞鴻北至來賓候，海燕南歸聚語辰。處處祈年喧里叟，家家卜稼祝田神。鷄豚壺酒陶然醉，醉別渾忘謝主人。

右拙作九秋詩九章即應
石子先生 社課並求
郢正
社末王晉瓚呈艸

王傑士（槃石）

石子先生：承惠《張堰志》，未有以謝。日前去滬，舟中偶成俚句。返校栗六，未暇以書。今略閑，録奉是政，并以誌感。

留溪姚子今之豪，賦詩綴文時揮毫。保存國粹發幽光，馳騁騷壇一俊髦。貞甫先生尤篤古，矍鑠精神不畏勞。潛心纂輯張堰志，采訪謄録一手操。姚子善相先生志，付之剞劂佈同曹。受而讀之味雋永，糟粕已去盡醇醪。吾聞古有三不朽，立言尤足爲寵褒。鄉邦文獻于以徵，傳之千古功已高。

元月八日，槃石。

老定

讀馬適齋先生四十初度詩謹和一章

又向黄花節裏過，男兒壯志未蹉跎。一官小試綏邊略，萬口争傳出塞歌。大漠烽烟看尚直，白山王氣已無多。憑君莫漫登高望，咫尺箕封感若何。（『老定』）

吕志伊

秋閨怨　吕志伊

菱風桂露已凉天，翠袖憑欄夜未眠。忽怪月明帶矜色，照人離別自團圓。

亡國痛（舟抵基隆作）

國亡種將滅，家破人逾孤。昔無立錐地，今真錐也無。

登樓

天下安危繫樂憂，傷離望遠倦登樓。大江東去將雙泪，到海誰知寒暖流。

悲秋

殺氣滿天地，遠行秋士悲。陰猿啼蜀道，山鬼弔湘纍。粵海暗潮涌，京城蔓草滋。新凉生竹簟，高卧啖離枝。

朱沃（嬾仙）

賀衛母王夫人生日（代）　嬾仙

仁壽橋邊日月長，蟠桃嘉會趁端陽。滿堂子姓供萊彩，千里庚郵寄縹緗。冠弁轉旋星斗煥，舟車輻輳畫輪忙。萬家齊拜西王母，酒緑鐙紅樂未央。

忘憂草長庭除緑，仁壽橋邊日月長。三箭勛名資柳氏，百男英挺美周姜。鷄林致果慈心慰，燕市從軍姓氏香。信是德門春不老，滿階蘭蕙鬬芬芳。

萬里遄征戰杖霜，業成堪慰倚閭望。綵綸閣上文章静，仁壽橋邊日月長。孟氏三遷緣勖學，竇家五桂席餘慶。右軍書法夫人授，多寫新詞祝健康。

將軍家世本輝煌，許繼勛名衹霍光。八座起居娱大母，兩朝勛業紀篇章。芝蘭庭内威儀肅，仁壽橋邊日月長。八二年華容未改，神全何用養生方。

我愧偏師領海防，未隨鵷鷺晋壺觴。卜居幸近仁人里，獻頌權登翰墨場。寶婺輝騰光炳曜，鸞笙奏罷韻悠揚。八千春景剛初度，仁壽橋邊日月長。

壽衛母生日（代）

槐庭初見天花雨（《寧波府志》正統元年五月六日，天花如雨，飛滿庭中，七日始化），萱堂正獻萊衣舞。兩階趍走盡冠裳，奏鳳鳴鸞擬仙府。壽母高年八十二，玉面方瞳毛髮古。觀者群驚天上來，延頸跂踵爭先睹。有客誼屬霍剽姚，停杯爲道大家譜。夫人世系出名門，十七來歸仲山甫。星弧雲罕起東南，三箭勛名邁桴鼓。承家蚤蓄璠璵器，精貫陰謀過宗武。長男英挺步長平，畫荻傳書走龍虎。英姿颯爽下句驪，志壯不知征戰苦。中郎奉使入歐州，歸時豐滿凌霄羽。榮加鄧國太夫人（杜甫《賀衛伯玉太夫人詩》『富貴當如此，尊榮邁等倫』），清儗名流韓潑五。孫曾六人悉殊絶，翳爲他日中流柱。此君語罷客咸起，今日欣觀德星聚。爭傳佳話寫新詞，文字韓蘇詩李杜。我亦拈髭强效顰，九如歌上日亭午。

讀鍊人北海游記有感（用原韻）

萍梗生涯不自知，卧游人倦午陰時。年來也戒流連樂，不讀《南華》讀《楚詞》。

瑣尾流離動地哀，歸耕心事未全灰。一聲舍利傳京國，不盡源頭汩汩來。

北海銀成没奈何，飛隨新雁洞庭過。者番功德真如水，灑遍南天不計多。

講武親蠶人去也，按圖索驥我凄然。青莎葭菼偏宜暑，猶是瀛臺侍直天。

和鍊人携賈三壽俊夫四十之作（步原韻）

車如雲擁馬如風，銀燭輝煌照眼紅。好月正圓桃正熟，梨園騷客一尊同。

湖海襟懷詞賦客，芳園桃李謫仙家。偷桃未許東方朔，勸酒偏徵解語花。

舞袖郎當樂有餘，風流人自擬相如。束身真個嚴圭璧，不許春泥一濺裾。

粉黛登場艷絶時，京都兒女失靈芝。美郎一疊霓裳曲，博得連篇大好詩。

歌臺處處榜名伶，有客平章筆未停。縱使梅郎顔色好，可能山水染丹青。

勞燕西東嘆靡常，年年金綫爲誰忙。壽人剩有詩千首，檢點襟痕贈梓桑。

題紅薇感舊記

緹騎紛傳捉史官，憐才無復見儒冠。枇杷門巷人如玉，深鎖春閨宿鳳鸞。

美人顔色本如花，鬪盡芳菲日又斜。寄語東風好收拾，莫教江上訴琵琶。

和陶飲酒 原韻六首　　健盦

壺觴引自酌聊以陶我情聖賢皆寂寞飲者留其名借
此杯中物塊壘澆我生我生須臾耳電光石火驚琴書
委懷在學藝恐無成
閒雲懶出岫暮禽亦倦飛北山張羅網在在危機悲繞
樹復三匝無枝可相依五柳植門前戢羽遂來歸雖非
孤松秀嘉蔭幸未衰一瓢自足樂但使願無違
晚年惟好靜靜境絕衆喧花間每獨酌嗜酒性之偏一
醉千愁解頹然倒玉山及醒日夕矣牛羊下山還此間
得真趣了解復何言
菊采東籬下日夕餐其英取彼傲霜節伴我高世情名
花莫相負快飲百壺傾醉眠花下石寒蟲唧唧鳴起弄
霜天月陶然樂餘生
道逢名利客訴言泣路隅競爭滿朝市落落尋歸塗塗
中多荊棘策蹇不敢驅酸鹹飽世味此生憂患餘曷不
來共飲慰我離索居
世風趨詐僞不見面目真河江勢日下民俗何由淳六籍
束高閣舍舊謀其新斯文盡掃地焚坑過暴秦一曲
廣陵散久矣絕音塵編詩紀甲子區區我獨勤偶然結
蓮社素心人與親學海甚浩瀚願爲指迷津有酒我
且飲糟粕漉葛巾夢入華胥國羲皇以上人

10

朱錫秬（健盦）

和陶飲酒（原韻六首） 健盦

壺觴引自酌，聊以陶我情。聖賢皆寂寞，飲者留其名。借此杯中物，塊壘澆我生。我生須臾耳，電光石火驚。琴書委懷在，學藝恐無成。

閑雲懶出岫，暮禽亦倦飛。北山張羅網，在在危機悲。繞樹復三匝，無枝可相依。五柳植門前，戢羽遂來歸。雖非孤松秀，嘉蔭幸未衰。一瓢自足樂，但使願無違。

晚年惟好靜，靜境絶衆喧。花間每獨酌，嗜酒性之偏。一醉千愁解，頹然倒玉山。及醒日夕矣，牛羊下山還。此間得真趣，了解復何言。

菊采東籬下，日夕餐其英。取彼傲霜節，伴我高世情。名花莫相負，快飲百壺傾。醉眠花下石，寒蟲唧唧鳴。起弄霜天月，陶然樂餘生。

道逢名利客，訴言泣路隅。競争滿朝市，落落尋歸塗。塗中多荆棘，策蹇不敢驅。酸鹹飽世味，此生憂患餘。曷不來共飲，慰我離索居。

世風趨詐僞，不見面目真。江河勢日下，民俗何由淳。六籍束高閣，舍舊謀其新。斯文盡掃地，焚坑過暴秦。一曲廣陵散，久矣絶音塵。編詩紀甲子，區區我獨勤。偶然結蓮社，素心人與親。學海甚浩瀚，願爲指迷津。有酒我且飲，糟粕漉葛巾。夢入華胥國，羲皇以上人。

九秋詩

九月涼秋塞草衰，矛頭淅米劍頭炊。將軍鎮遠黃龍戍，日落營門照大旗。（秋戍）

雨打芭蕉碎客心，西窗剪燭動閑吟。秋懷鎮日憑消遣，菊有清香松有陰。（秋窗）

一燈如穗伴孤眠，四壁蟲聲聒耳邊。欲把愁心訴明月，那知明月不常圓。（秋閨）

茫茫秋水接長天，紅樹青山好放船。爲美米家書畫舫，便携琴鶴賦歸田。（秋舫）

釀就黃花酒乍篘，持螯豪飲最宜秋。邀來明月成三影，終古常留太白樓。（秋飲）

拄杖看雲興未窮，秋高氣爽碧天空。平蕪極目秋郊外，落木又添山一峰。（秋望）

秋來善病馬長卿，瘦比黃花貌更清。藥碗茶鐺聊作伴，閑將詩卷枕邊評。（秋病）

水面微波木葉稀，江涵秋影雁初飛。幾行密密疏疏字，劃破青天無縫衣。（秋雁）

春社散時扶醉人，秋來再舉爲酬神。村農擊鼓催酣飲，皞皞熙熙太古民。（秋社）

朱卣香應課

吳畸

舟泊神户多日時聞機聲　吳畸奇隱

機聲轆轆旦又旦，船泊機聲何處來。商貨運輸太滯耗，孤飛南燕獨徘徊。

泊門市夜大風雨

悄聽風聲雜雨聲，嗚嗚咽咽夢魂驚。誰知游子此時意，飛絮飄萍百感生。

舟泊神户夜卧静寂雜感

沈沈心事有誰知，浪迹天涯豈耐思。慢説乘風還破浪，故園回首得書遲。

年來生世奈愁何，强飲澆愁愁更多。安得隱居銷壯志，看花把酒自吟哦。

神户登岸游覽有感

淒絶餘生到此游，不堪極目舊神州。沐猴冠冕争名利，逐鹿干戈自盾矛。秋隔滬濱千里月，旭紅東海一孤舟。而今遠揖江山去，離國離家離别愁。

由神户出發舟過東海外太平洋適遇大風雨僵卧三日一船擬無生理而於中秋上日波浪稍息幸得無恙意有所感得五律一首

玉鏡海天來，中秋佳節哉。一波纔怒息，九死竟生回。破浪呼明月，浮槎避劫灰。莫言異鄉客，有酒且傾杯。

客舟逢中秋兼憶黄花

佳節每逢客裏過，嫦娥應笑負黄花。月明照我青衫濕，看海憑欄感歲華。

東别寄塵老姊

别酒同斟小閣前，横流世事感桑田。暮雲春樹多相贈，交到忘形豈偶然（瀕行姊贈『暮雲春樹』圖章以誌别意）。

東汪静姝姊索畫山水

歇浦灘頭識舊游，訪君復又上瓊樓。丹青一幅樽前約，須寫江湖風雨舟。

吴淑羣

雜感

銀燈小話亦前緣，鬢影衣香絶可憐。欲别未能留不得，秋風明月柰何天。

片時萍水暫盤桓，對面翻愁見面難。唱到陽關第三疊，滿江風雨不勝寒。

梧葉秋風着意催，傷心團扇共徘徊。丁寧不夜瀟瀟雨，莫送愁人枕上來。

吴淑羣上

何澍（壄臣）

秦望山懷古

六國兵吞氣象雄，登山想像大王風。翠華早逐鑾輿化，荒磴常存輦道通。蕭寺僧稀飛野雀，疏林草長走村童。當年留得秦時月，猶照峰前曲似弓。

何壄臣未定草

秦望山懷古

六國兵吞氣象雄登山想像大王風翠華早逐鑾輿化荒磴常存輦道通蕭寺僧稀飛野雀疏林草長走村童當年留得秦時月猶照峰前曲似弓

何壄臣未定草

題浮梅再泛圖

玉簫金管木蘭舟，曾向西湖賦碧流。爲有雪泥存舊迹，竟尋鴻爪續前游。六橋柳尚隨風舞，一棹人還待月留。年少伯鸞賢伉儷，再將逸興溯從頭。

壄臣何澍未定草

何錫琛

玲瓏石一拳，摩挲幾十年。云是古遺物，扣之聲鏘然。更有松一株，夭嬌龍在田。長春蔭四時，祥雲覆大千。蒼翠連枝發，貞珉比玉堅。歲寒曾不凋，暑熱亦耐煎。感君寵遇隆，鉅製叠鴻篇（先生曾以《文選》《素》《靈》等書見惠，愧未有報）。報此誌不忘，相與樂林泉。

魚穿石一拳，得諸奉賢張氏，云是漢代遺物，玲瓏可愛。白理松一株，係春間新購，軀幹勁秀，加以栽養，可成巨材。兩物沉滯荒齋，殊覺不稱，敬以移贈石子先生清賞，繫以小詩，並希粲正。甲子季夏，弟何錫琛貢草。（『何錫琛印』）

汪誠一

行不憩叢棘，棘刺傷衣襟。飲不貪盜泉，泉水移人心。冰山何崔嵬，高并雲中岑。一旦陽烏出，漂流失所任。君子矢令名，守身如淵臨。寧爲澗底松，鬱鬱千百尋。勿爲蔦女蘿，莫莫施中林。邈矣姚夫子，高節爲世欽。

石子前輩先生誨正。姪汪誠一成壹甫呈。

望惠賜《思玄集》一卷。通信：徽州歙縣岩寺

和陶九日閑居　次步原韻

去日恒苦多人間歎浮生重九純陽健余亦愛其名曠野金風厲寥天珪月明不見秋燕影惟聞寒雁聲濁酒能遣悶壽菊可延齡奈何菰蘆士坐視國步傾白衣人未至黄華自虚榮閑居獨嘯歌天外縱高情遲暮庸何傷晚節期有成

沈裁之

沈錫麟（裁之）

和陶九日閑居（次步原韻）　沈裁之

去日恒苦多，人間嘆浮生。重九純陽健，余亦愛其名。曠野金風厲，寥天珪月明。不見秋燕影，惟聞寒雁聲。濁酒能遣悶，壽菊可延齡。奈何菰蘆士，坐視國步傾。白衣人未至，黄華自虚榮。閑居獨嘯歌，天外縱高情。遲暮庸何傷，晚節期有成。

金天翮（鶴望）

與吹萬石子游陶然亭

蘆漪青抱屋如舟，數到江亭屬錦秋。南郭聲囂聞管吹，西山黛迷入簾鈎。步來香冢情成劫（後有香冢碑詞甚哀麗），鄰近陶家醉合休（地名黑窑廠）。人世滄桑隨處見，渚宮何地得眠鷗。

鶴望近詩

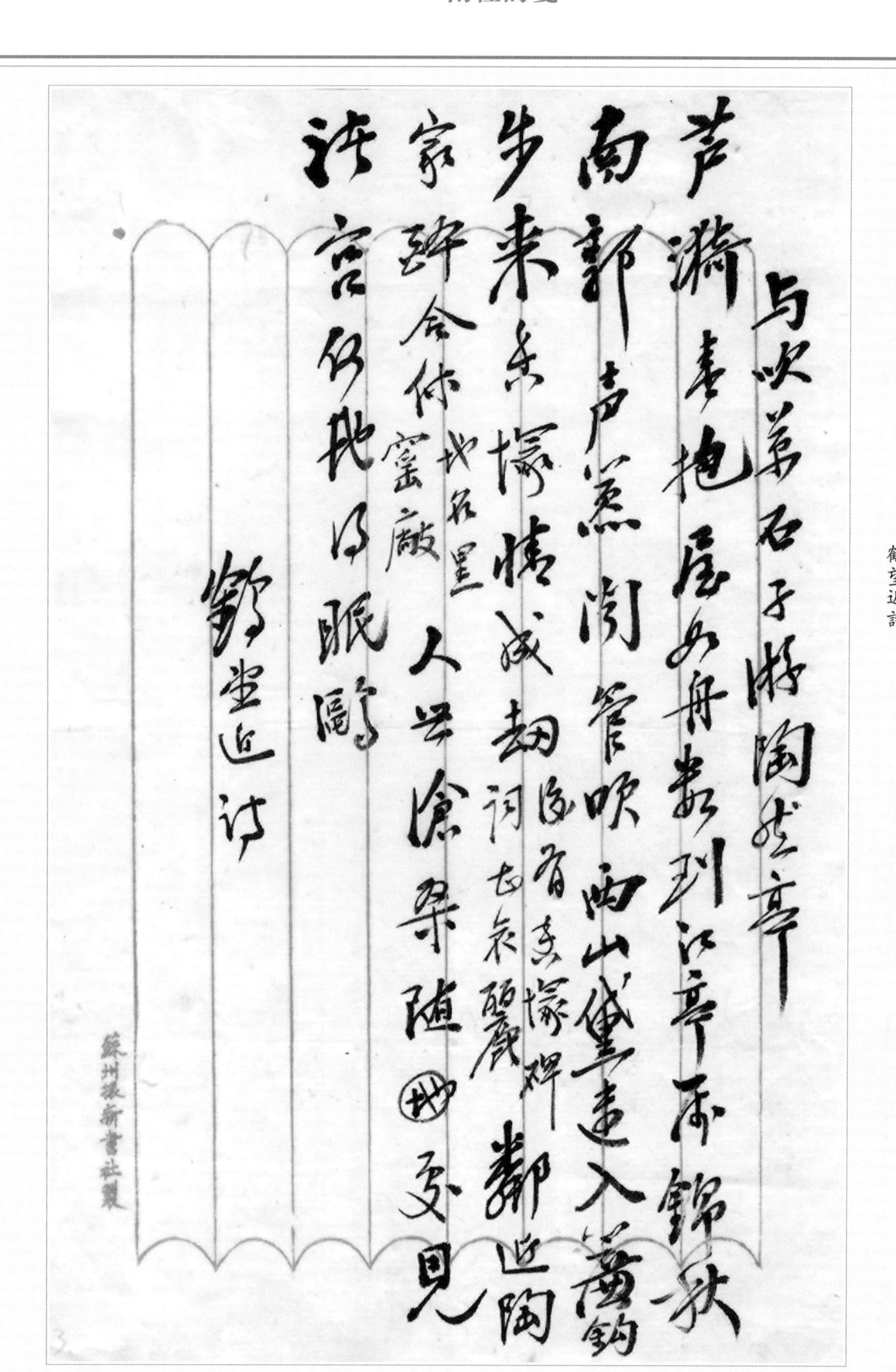
與吹萬石子游陶然亭
蘆漪青抱屋如舟，數到江亭屬錦秋。南郭聲囂聞管吹，西山黛迷入簾鈎。步來香冢情成劫（後有香冢碑詞甚哀麗），鄰近陶家醉合休（地名黑窑廠）。人世滄桑隨處見，渚宮何地得眠鷗。
鶴望近詩
蘇州振新書社製

周剛

中秋夜感　開平周剛伯嚴

燕去鴻來又一秋，連天風雨不勝愁。楓紅冷落長江月，露白寒侵百尺樓。宋玉能文情未已，仲宣多難恨難休。最憐思婦懷人夜，手搗衣砧泪暗流。

涼生枕簟夏全收，滿目霜風滿目秋。遣興東波時作賦，傷心王粲强登樓。清風透户三更月，白露横江一葉舟。末路英雄今古恨，游來赤壁不勝愁。

次韵和陳友一律

蒼狗白雲鬼域多，揮戈落日悔蹉跎。懷才空獻長沙策，仗義徒悲易水歌。潦倒青衫頭恨白，飄零紅豆泪成河。江山如此憑誰挽，悶煞英雄劍自磨。

次韵叠和友人書懷二律

仰首長空嘯當歌，廿年一瞬夢中過。欲將心事懷幽谷，莫把衷情付逝波。湖海暗潮遍地是，江山明拍奈天何。檐前堪羡雙棲燕，飛去飛來樂且多。

和寡終慚巴里歌，陽春寧任耳邊過。琴思擲地逢流水，柱欲擎天凛伏波。湖海飄零皆夢若，江山殘劫奈憂何。探驪未卜珠誰奪，長使英雄隕泪多。

波隱

和陶飲酒 集陶句 波隱

春秋多佳日移居詩 觴至輒傾卮乞食詩 鄰曲時時来移居詩 言詠遂賦詩乞食詩 貧居依稼穡下潠田舍穫詩 四體誠乃疲西田詩 虛室有餘閒歸田園居詩 有酒斟酌之移居詩 桑竹垂餘蔭桃花源詩 言笑無厭時移居詩

陶飲酒詩二十首古詩歸摘録六首故步六首之韵 健厂識

和陶飲酒（集陶句） 波隱

春秋多佳日（《移居》詩），觴至輒傾卮（《乞食》詩）。鄰曲時時來（《移居》詩），言詠遂賦詩（《乞食》詩）。貧居依稼穡（《下潠田舍穫》詩），四體誠乃疲（《西田》詩）。虛室有餘閑（《歸田園居》詩），有酒斟酌之（《移居》詩）。桑竹垂餘蔭（《桃花源》詩），言笑無厭時（《移居》詩）。

陶《飲酒》詩二十首，《古詩歸》摘録六首，故步六首之韵。健厂識。

查仁哉

九秋詩

蕭蕭落葉九秋天，萬里拋家戍遠邊。北地寒風吹血冷，夢牽故里樂耕田。（秋戍）紛紛落葉客心驚，坐向窗前百感生。最是撩人風雨夕，愁聽窗外打蕉聲。（秋窗）斷腸人最怕逢秋，百結愁腸不自由。四壁蟲聲鳴唧唧，無情明月照人愁。（秋閨）一聲欸乃放中流，彷彿當年赤壁舟。最好一輪明月上，波光蕩漾影沉浮。（秋舫）持螯携酒東籬下，坐對黄花酌酒頻。輸却淵明惟一事，籬邊少個白衣人。（秋飲）夕陽西下獨登樓，遠眺郊原萬象秋。莫道不如春色好，四圍楓醉菊花稠。（秋望）垂簾終日却風寒，衣帶于今漸漸寬。辜負東籬秋菊秀，今年病裏不曾看。（秋病）洞庭落葉一天秋，陣陣南飛雁影浮。征婦見來應仰首，看他足上有書不。（秋雁）今歲秋收占大有，老農個個笑顔開。當兹社日酬神候，狂倒千杯盡醉回。［秋社］

查仁哉應課

柳亞子

哭寒灰

思黃死後劍生殉，今日湘江又哭君。終古幾人解《哀郢》，傷心三户未亡秦（君著《新湖南》，自署『三户憤民』）。東南旗鼓遲陳勝，西北波濤走伍員。欲賦《大招》寄幽怨，海天何處弔靈均。

感近事有作

决眼屠腸悲聶政，揕匈把袖惜荆卿。一時成敗何須判，合傳千秋有定評。

六王結果漸離筑，三户先聲力士椎。鑄鐻銷鋒枉多事，咸陽一炬祖龍悲。

和李密詩用原均

寇盜滿中原，蹄迹交長林。舉事一不當，煩憂傷吾心。鹿走疇挺劍，麟獲空沾襟。似將捲土來，濟此澄清意。乘流定吳楚，跨馬收燕冀。拯我三代氓，夷彼萬惡吏。閼氏充下乘，月支供飲器。配天祀軒轅，對揚黨無愧。

揚一炬祖龍悲

和李密詩用原均

寇盜滿中原蹄迹交長林舉事一不當煩憂傷吾心鹿
走疇挺劍麟獲空沾襟似將捲土來濟此澄清意乘流
定吳楚跨馬收燕冀拯我三代氓夷彼萬惡吏閼氏充下
乘月支供飲器配天祀軒轅對揚黨無愧

律郛

秦山懷古 律郛

星微漏斷欄角寂，頹峰撲眼仍勃窣。烟鎛碧磷閃漆燈，山臺叫落鵂鶹月。秦皇求葯碑山海，此岩荒荒無片碣。魚沫吹橋漂青城，珊蟲蝕盡徐市骨。安期來擲丹竈砂，赭泥難種長棗核。不悟沙邱走轀車，銅盤玉露亦銷歇。

秦山懷古
星微漏斷欄角寂頹峰撲眼仍勃窣烟鎛碧磷閃漆燈山臺叫落鵂鶹月秦皇求葯碑山海此岩荒荒無片碣魚沫吹橋漂青城珊蟲蝕盡徐市骨安期來擲丹竈砂赭泥難種長棗核不悟沙邱走轀車銅盤玉露亦銷歇
律郛

俞本

題浮梅再泛圖三絶　俞本立甫稿

緑樹青山好放船，西湖新漲水連天。高風誰繼浮梅檻，前後遥遥三百年。
重携仙眷泛仙津，楊柳青青送好春。三面奇峰一泓水，天然圖畫着詩人。
爲愛湖波清且漣，者番又聳作詩肩。六橋烟景渾如畫，寫入丹青分外妍。

俞鍔

和鉄厓感懷八律即同其韻

鈿誓釵盟深復深，夢魂何處可相尋。桃笙舊貯留紅汗，竹管新遺號緑沈。杏院春歸前夜雨，柳梢月印隔簾心。錦屏銀燭當年事，低遣玲瓏宛轉吟。

佩環依約響丁東，林下愁吹少女風。值得飄零千里外，爲誰消瘦一生中。春山遥憶眉痕淺，羅袖頻看唾點紅。最是難忘目成處，投壺慌錯笑天公。

琥珀光沈碧玉甌，東風徙倚未生愁。自矜天下無雙艷，與嫁人間第一流。静日凝妝慵刺綉，良宵乘醉戲千秋。閑來逐伴横塘去，桃葉桃根雙打舟。

短長亭畔玉驄鳴，別泪斑斑上竹生。薄幸微之偷學道，風流小杜浪談兵。惹他緑屩雙鬟怨，引得黄衫一劍横。銀漢仙槎舊路杳，枉將消息問君平。

巫山十二護雲濤，何日檀郎賦大刀。鈿盒楊環愁夢遠，琵琶蔡琰泣膻膘。拋殘碧月乘鸞扇，望斷流星綉鳳旌。漫向瓊窗妝鏡裏，不堪青鬢漸蕭騷。

娉婷自惜畫雲藍，爐炷瓶花共一龕。轉輾芭蕉愁檻牖，蕭條楊柳悵江潭。韓憑蛺蝶他生願，王母青鸞舊日函。剪得機頭三尺錦，迴文不綉□瞿曇。

蛾眉雙蹙鬱難開，庭院深深長綠苔。何處春風筵上醉，誰家明月笛中哀。青衫慣漬江州泪，羅袜空賺陳思才。自昔有情還薄幸，文君早悔聽琴來。

乍可爲歡爛熳時，麗華膝上太嬌痴。愛嘗檀口櫻桃顆，笑折纖腰楊柳枝。翡翠屏中留密約，珊瑚枕畔着相思。輕狂儘許如萍絮，逐浪隨風任所之。

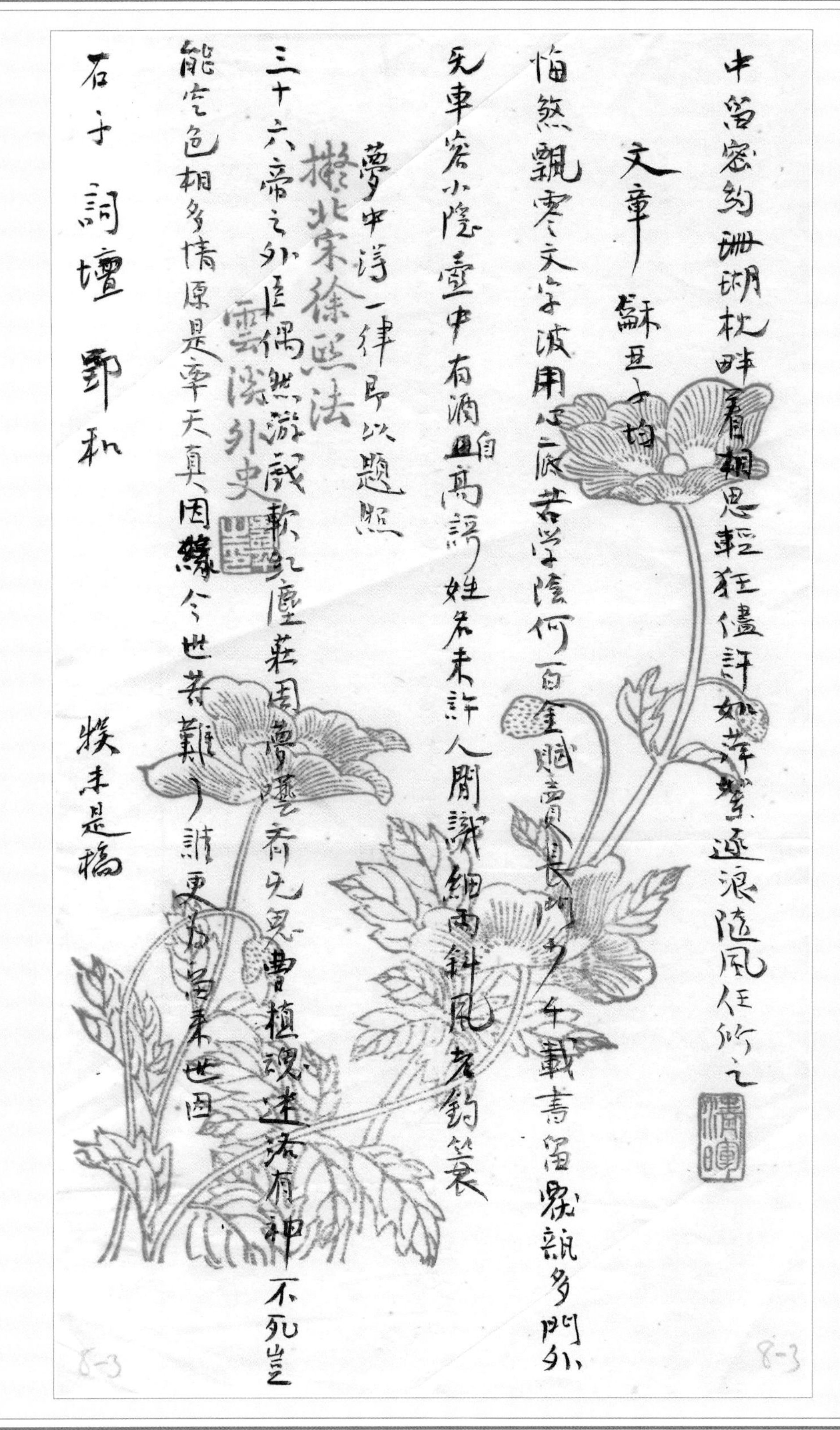

文章　和亞子均

悔煞飄零文字波，用心底苦學陰何。百金賦賣長門少，千載書留覆瓿多。門外無車容小隱，壺中有酒自高歌。姓名未許人間識，細雨斜風老釣簑。

夢中得一律即以題照

三十六帝之外臣，偶然游戲軟紅塵。莊周夢囈齊無鬼，曹植魂迷洛有神。不死豈能空色相，多情原是率天真。因緣今世苦難了，誰更爲留來世因。

石子詞壇郢和。娱未是稿。

愓生重來海上將駕天南乃忽二豎交攻五銖盡化一籌莫展百感叢生王粲樓頭伍員市上蓋有不勝其憔悴者矣作飲酒歌以解之

人世之人奚爲愁，陶陶元元飲則休。糟邱無礙貧士住，天獄不將酒星囚。醉千日判埋壚側，辦百錢須挂杖頭。楚濱獨醒空憔悴，何勿來與麴生游。

愓生書來憂憤悲懣不堪卒讀因括其意聯成長句寄贈

醃臢華芝隔紅泉，何人乞與一履緣。泪傾東海乾有日，食盡西山死無年。趙侠探丸遍誅吏，楚狂囊血空射天。潮頭倘逢伍相騎，爲子求取鞭屍鞭。

石子詩人哂政。　建華初稿。

洪璞（荆山）

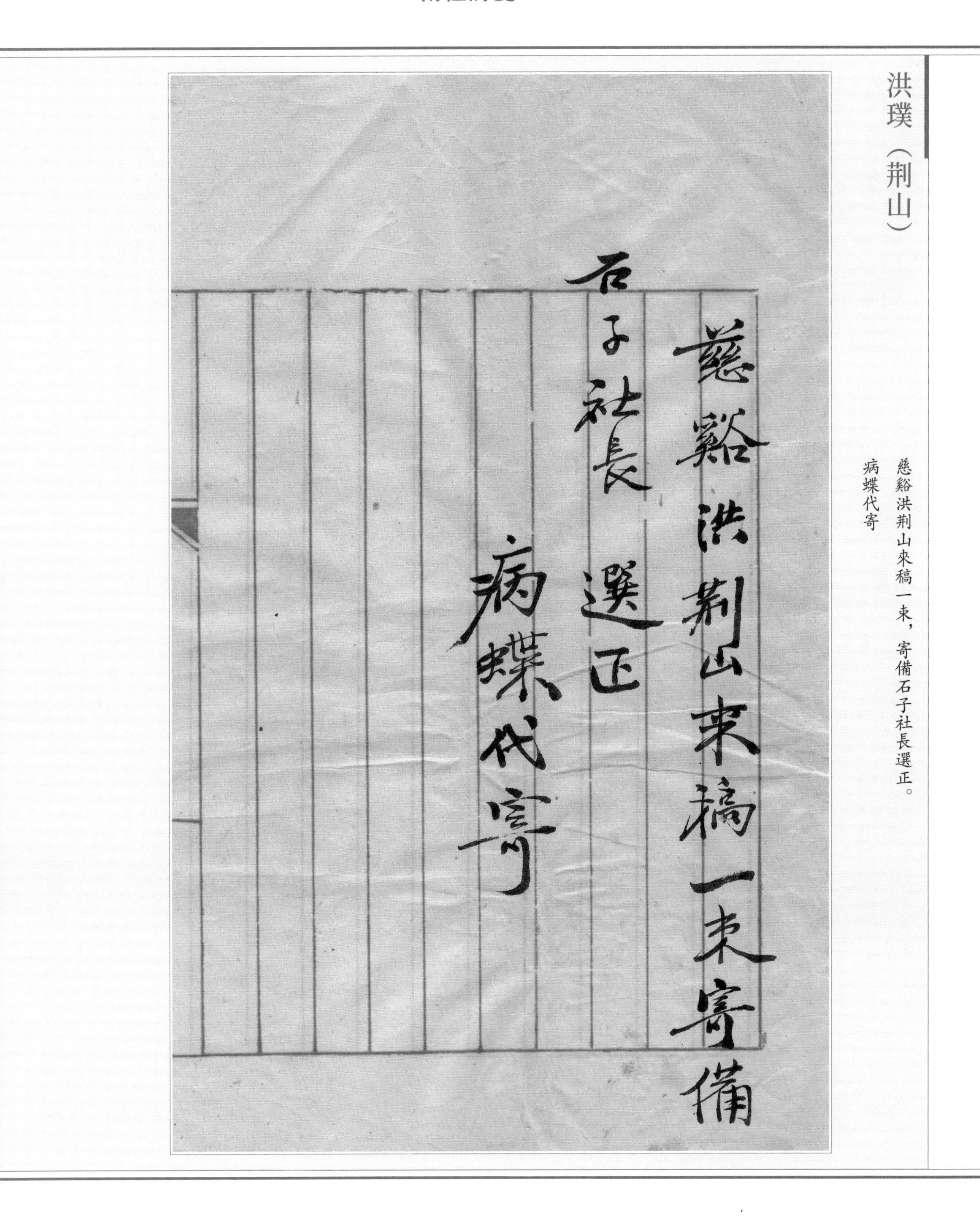
慈谿洪荆山來稿一束寄備
石子社長 選正
病蝶代寄

慈谿洪荆山來稿一束，寄備石子社長選正。
病蝶代寄

方母陶孺人家傳　慈谿洪璞荆山

孺人陶氏，淮之泗縣人，父諱宏宗。孺人行居長。及笄，歸定遠方幹臣先生。治家持身，一宗儉約。事舅姑，先意承志，曲盡婦道。姑性嚴，恒以細則苛新婦，稍不稱意，咄斥示責。孺人恬受，未嘗違顏色。姑由是善待之，且褟其孎於戚鄰。時紅羊肆虐，潰兵恣掠淮泗間，鄉人相率遠徙。孺人以姑老，力諫他遷，處理家事，怡然如平日，賊亦終未擾其家也。兵燹以後，家中落，孺人生長貴閥，至是雜傭保操作，晨夕營營，不以勞瘁自況，猶謀甘旨以養姑。姑没，歲時伏臘，躬品祭饌，必豐必潔，鄉里益欽……

8

8

其賢焉戊午某月日卒于明光寓所年六十有二生丈夫
子一矩女子子四俱嬪矣
薛母陳太孺人六十壽序
璞行役京師之明年吾友薛子儲石以其太孺人儀年六十
遠道寄書叙述懿行而徵璞一言為壽其意若謂母氏
篤老劬勞聖善烏烏之私拳拳然不能恝忘璞於是
深儲歎儲石之孝忱所以奉其親者至矣璞烏敢以不
文辭抑璞與儲石交有年初未嘗親太孺人色笑而
深信夫太孺人之慈祥蓋徵諸儲石所為詩文一秉和平
忠厚道味盎然足以懸知太孺人之嬺行淑德而久信

其賢焉。戊午某月日卒于明光寓所，年六十有二。生丈夫子一，矩；女子子四，俱嬪矣。

薛母陳太孺人六十壽序

璞行役京師之明年，吾友薛子儲石，以其太孺人儀年六十，遠道寄書，叙述懿行，而徵璞一言爲壽。其意若謂母氏篤老，劬勞聖善，烏烏之私，拳拳然不能恝忘。璞於是深嘆儲石之孝忱，所以奉其親者至矣，璞烏敢以不文辭。抑璞與儲石交有年，初未嘗親太孺人色笑，而深信夫太孺人之慈祥，蓋徵諸儲石所爲詩文，一秉和平忠厚，道味盎然，足以懸知太孺人之嬺行淑德，而信……

其所以引年之非無自也。太孺人爲陳慶鏘公季女，年十七，歸世丈訓導公。柔嘉維則，肅雍以和，順事舅姑，承副内外，鄉黨稱之曰賢。訓導公性好客，不善治家人産，閫以内碩夥纖屑，一以付太孺人，太孺人措之裕如也，公用是得窮年膏晷，修學砥行。古詩所云『健婦持門户，自勝一丈夫』，良非空言。體素弱，屢産不育，三十餘始生儲石。儲石稍長，督教以禮義，初不借姑息爲慈愛。性又好施，雖蔬食布衣，戚族有緩急相求者，必應之無吝色。歲辛亥，國步改易，訓導公憂憤捐館舍，太孺人遘此鞠凶，悲不自已，顧儲石已授室，佳婦童孫，繞膝承歡，……

其所以引高年之非無自也太孺人為陳慶鏘公季女年十
七歸世丈訓導公柔嘉維則肅雍以和順事舅姑承
副内外鄉黨稱之曰賢訓導公性好客不善治家人
産閫以内碩夥纖屑一以付太孺人太孺人措之裕如也
公用是淂窮年膏晷克修學砥行古詩所云健婦持門
户自勝一丈夫良非空言體素弱屢産不育三十餘始
生儲石儲石稍長督教以禮義初不借姑息為慈愛性
又好施雖蔬食布衣戚族有緩急相求者必應之無吝
色歲辛亥國步改易訓導公憂憤捐舘舍太孺人遘
此鞠凶悲不自已顧儲石已授室佳婦童孫繞膝承歡

太孺人之戚得以稍釋。儲石自分不能與塵俗諧，將以著述娛其親，其言曰：讀書難，但得長供菽水，樂叙天倫，雖不能文以顯親，或賢於喪其節守而墮家聲者。將於紫霞山前拓地數弓，築壽萱草堂以奉母太孺人，其亦破涕爲笑，欣然晋三爵也夫。己未中春，慈谿洪璞。

太孺人之戚得以稍釋儲石自分不能與塵俗諧將
以著述娛其親其言曰讀書難但得長供菽水樂叙天倫
雖不能文以顯親或賢於喪其節守而墮家聲者將
於紫霞山前拓地數弓築壽萱草堂以奉母太孺人其
亦破涕為笑欣然晉三爵也夫己未中春慈谿洪璞

題衛紅女士春痕詞集定公句（『洪璞之印』『荊山』）

野棠花落城隅晚，悔殺前番拂袖心。一笑勸君輸一着，詞家從不覓知音。

長吟未免心肝苦，樸學奇才張一軍。原是狂生漫題贈，美人胸有北山文。

墻花

幽香可愛隔窗紗，亞字欄干曲曲遮。莫道深山春已去，墻頭尚露一枝花。

聽歌

宛轉風前一串歌，紅牙按拍管弦和。宮人白髮情難禁，司馬青衫泪已多。芍藥聯吟憐夜永，蘼蕪欲采奈愁何。明朝又向江頭別，尚聽餘聲水上波。

落花

紗窗一夜怯東風，早起開簾滿地紅。囑付小童休掃却，寸心難遣落花中。

春閨詞

紅燭交輝影作雙，泥他沽酒剔銀缸。月明共惜春將去，花片紛紛正打窗。

春蘭

好春醖釀到蘭房，對此名花合號王。入室淡交君子契，開軒濃笑美人妝。同心從此占金利，竟體由來佩錦囊。滿座春風飄馥郁，幾疑有夢過沅湘。

四月八日宗兄雪莊完娶賦贈二首

新螺合巹櫻桃紫，孔雀開屏芍藥紅。記取清和時節好，麝蘭香透綉帷中。

兩行樺燭照娥娥，酒後新詩頌碧羅。大是月圓花好夕，被池春暖浴鴛波。

秋夜

秋月酬我色，秋花媚我姿。旅人披衣坐，習習凉風吹。一與清景遇，忽憶去年時。携手笑牛女，一年只此期。

野望

雨霽野花香，斜陽殘雲濕。前林羃藹藹，遠岫明歷歷。老農原上耕，游子橋邊立。溪聲響淺沙，暮鳥散還集。負手獨歸來，清風吹草笠。

芭蕉

從此書齋署緑天，參差弄影掃輕烟。夜寒聽雨喧孤枕，秋老題詩當彩箋。翠袖亂翻明月下，丹心漫卷晚風前。北窗高卧涼如水，自合嘉名錫扇仙。

玫瑰

心驚紫玉謫仙真，籬畔徘徊認宿因。刺怯折枝傷素手，香流搗露暈朱唇。瓊瑶妙染千層艷，錦綉新裁一樣春。懊恨薔薇同弱質，百金買笑獨横陳。

蜀葵

玉人微病倚欄東，小影亭亭一丈紅。變態我方迷五色，微情爾竟滯千叢。魂消錦水岷山外，艷絶荷亭竹院中。裝束道家新樣好，焚香脉脉祝春風（薛能《黄葵》詩『記得玉人春病後，道家束裝厭禳時』）。

題稽琢齋白菜畫卷

清白傳家妙寫生，菜根咬斷最憐卿。錦囊佳句題將遍，紙尾容予記姓名。

看牡丹

花國獨稱王，奇葩冠衆芳。開來金作縷，飾借玉爲妝。詩入鼠姑咏，香招蜂使狂。天生原富貴，坐看兩相忘。

惜春詞二首

隔岸芳桃手自栽，落花紅帶夕陽來。明朝深巷錫簫好，誰信春光喚不回。

惆悵江干拾翠人，蘇堤不隔六橋春。愁紅慘緑知多少，一陣東風散麴塵。

大父患手足之疾甚劇愴然有作

世局滄桑感歲華，一磨祖硯一咨嗟。家貧諱説含飴樂，懸杖無錢念總差。

孫枝凄絶竹森森，顧影徒憐泪滿襟。菽水年來多缺乏，春暉寸草豈違心（鈍根按，洪君令祖今已仙逝，覆誦前詩，更增凄楚矣）。

暫見

鐵馬風微響畫簾，捲簾纔露指纖纖。酒因春去朝朝減，香爲寒輕細細添。豆蔻初開微病瘦，櫻桃垂熟爲誰甜。巫山相隔無多路，未必他時得免嫌。

相逢

何意相逢畫閣前，芙蓉池畔暮秋天。相如病後常多怯，梅福狂來亦惹憐。愛誦情郎詩貼切，却嗤小婢語纏綿。鈎簾含笑抬頭看，織女應虛碧漢邊。

曉起

桂燼熏爐夜已闌，隔紗香氣透幽蘭。夢游蓬島人初別，泪滴鮫綃字未乾。鶴影秋來驚骨瘦，蟲聲雨後倍心酸。一簾殘月天初曉，獨自澆花倚曲欄。

蝸影欹來鷺骨瘦蟲聲雨後信心酸一簾殘月天初曉獨自澆花倚曲
欄

遊史祥寺遇雨

千章喬木鬱蘢葱奇石嶙峋曲徑通溪水溶溶寒澈底山雲黯黯碧
橫空寂寥梵宇明斜照隱約鐘聲度遠風白石清泉禪味永塵心莫
問有無中
飛鴉陣陣急歸村驀地狂飈雨瀉盆山色黯然隨日沒溪流狂欲逐雲奔
沿途沁入衣襟濕破塊遙看宇宙昏我願乘風三島去擘麟仙子與携
樽

游史祥寺遇雨

千章喬木鬱蘢葱，奇石嶙峋曲徑通。溪水溶溶寒澈底，山雲黯黯碧橫空。寂寥梵宇明斜照，隱約鐘聲度遠風。白石清泉禪味永，塵心莫問有無中。

飛鴉陣陣急歸村，驀地狂飈雨瀉盆。山色黯然隨日沒，溪流狂欲逐雲奔。沿途沁入衣襟濕，破塊遙看宇宙昏。我願乘風三島去，擘麟仙子與携樽。

姚彝伯

酬埜公即次元韻　興化　姚彝伯

不敢憐君祇惜君，新詩一讀一傷神。天心著意窮吾黨，叔季誰知遇此人。槖筆生涯原寂寂，切身憂患太紛紛。文章事業妻孥累，抵死猶留未了因。

弔陳英士先生

釣天沉醉幾時醒，垂志中原未厭兵。破碎河山泪洗面，淪殘大陸血凝腥。衆生汶汶砧頭肉，先覺寥寥曙後星。聞耗我爲薄海痛，萬方多難失長城。

題畫竹祝仲子弟生辰

節勁心虛迴不群，琅玕百尺勢凌雲。阿兄祝嘏無餘物，願爾他年似此君。

中秋無月口占誌感

冀逢令節一開顔，瓜果空陳漏已闌。深恨浮雲殺風景，不容明月到人間。

鷗

食耻争鷄鶩，名甘讓鳳鸞。情恬烟水闊，夢穩月華寒。潔質污難浼，忘機遇亦安。舊盟如未冷，閑與故人歡。

贈夢花

烽火連天鳥倦飛，河山無語送斜暉。誰憐霖雨蒼生願，零落淮南一布衣。

卿選侄以中國地圖索題草一絶歸之

何時重整舊河山，一幅輿圖忍泪看。空説縱横四千萬，海棠葉已半凋殘。

自題我適居

數椽老屋供吟哦，隨處相安得樂多。常啓小窗邀月入，不除野草損天和。胸無塊壘何須酒，身似蜉蝣且放歌。世外風塵干底事，閉關終日獨婆娑。

歲杪得亞平書答以一律

不盡畸零恨，年來强自寬。愁心訴夢寐，傲骨戰饑寒。債積無臺避，囊空得酒難。故人休念我，努力志名山。

書感

擊筑悲歌感不平，山河破碎枉談兵。蟄居未遂男兒志，孤負青鋒午夜鳴。

右録舊作近體詩十首，即乞指正。隨筆記録，未識與前寄稿有重複否。申明免誤。

庭前小海棠一叢近為日灼葉梗憔悴殊可憐
恤作詩託興即寄亞平故人（姚異伯）
嬌弱不勝秋滋生恃雨露摇曳弄妙姿絕域異花妬
對此恨根苗日把相思訴不謂天違人驕陽忽當路
雲際肆嚴威薄命遭時忤葉梗半萎傷溉注奈云暮
我愧花主人負手莫能助

寸心千古　庚雲齋

夏夜納涼有作（按此作前曾寄呈因中二聯太劣現改定如此故再録之）
偷閒參靜趣兀坐向深宵衆籟俱消寂繁星自動搖
因人乖素願對世轉無聊倘許成孤往何心戀市朝

天民手書索詩賦此報之
我生憂友無多友相狎相勉較耐久倫紀扶蕩守道
滔滔天下百凡菌平生三友是自雄一名解子　伯兄

19-1

庭前小海棠一叢近爲日灼葉梗憔悴殊可憐恤作詩托興即寄亞平故人

嬌弱不勝秋，滋生恃雨露。摇曳弄妙姿，絶域異花妒。對此恨根苗，日把相思訴。不謂天違人，驕陽忽當路。雲際肆嚴威，薄命遭時忤。葉梗半萎傷，溉注奈云暮。我愧花主人，負手莫能助。

夏夜納涼有作（按此作前曾寄呈，因中二聯太劣，現改定如此，故再録之）

偷閒參静趣，兀坐向深宵。衆籟俱消寂，繁星自動摇。因人乖素願，對世轉無聊。倘許成孤往，何心戀市朝。

天民手書索詩賦此報之

我生愛友無多友，相狎相勉較耐久。倫紀軼蕩交道漓，滔滔天下百凡茍。平生三友足自雄，一名解子（叒伯）一徐公（埜青）。頭角嶄然懷利器，學稽新舊振宗風。更有天民實健者，卓落孤襟饒異采。左癖既成癖老莊，孟晉喜求真理解（君喜左、莊兩派學說富於理想）。胞與小試作巫醫，獨行其是俗人譏。掉臂田間儘歌嘯，治疾攻錯農夫師。故人聞之徒妒羨，此樂風塵未夢見。黃虀白粥永且清，了無障礙看世變。歲首歸來過敝廬，委蛇不作真吾徒。狂談忽起驚座客，要約補讀未完書。屈指一別易裘葛，各有相思不可說。雁過幸接書萬言，滿紙烟雲慰飢渴。賸以片語聊擲還，第一莫與外人看。世情翻覆自今古，山水論音好獨彈。

寸心千古

慶雲齋

19-3

閏七夕戲作

天宇極清朗，秋雲爭羅薄。耿耿明星中，銀河敞一角。天上亦人情，今夕駕靈鵲。僥幸是牛女，兩度團圞樂。風過天籟鳴，似聞相笑謔。眷屬誤神仙，小别喜如昨。但願長逢閏，莫嗟暫離索。彈指數流光，又踐明年約。

久不得絜公書詩以訊之

一夕西風緊，秋聲滿野廬。如何新雁過，不見故人書。兀兀增孤感，迢迢問索居。别來倘無恙，寥落應憐予。

時事雜感（五律）

大錯煎萁豆，殘枰苦競爭。亂離千户痛，成敗一身輕。舊壘飛磷火，中原滿甲兵。薄言陳利害，家國應權衡。

盟會持真理，爭如勢弱何。乘槎虛奉使，反璧忽興波。釜底生機少，舟中敵國多。須知公論在，一例玷難磨。

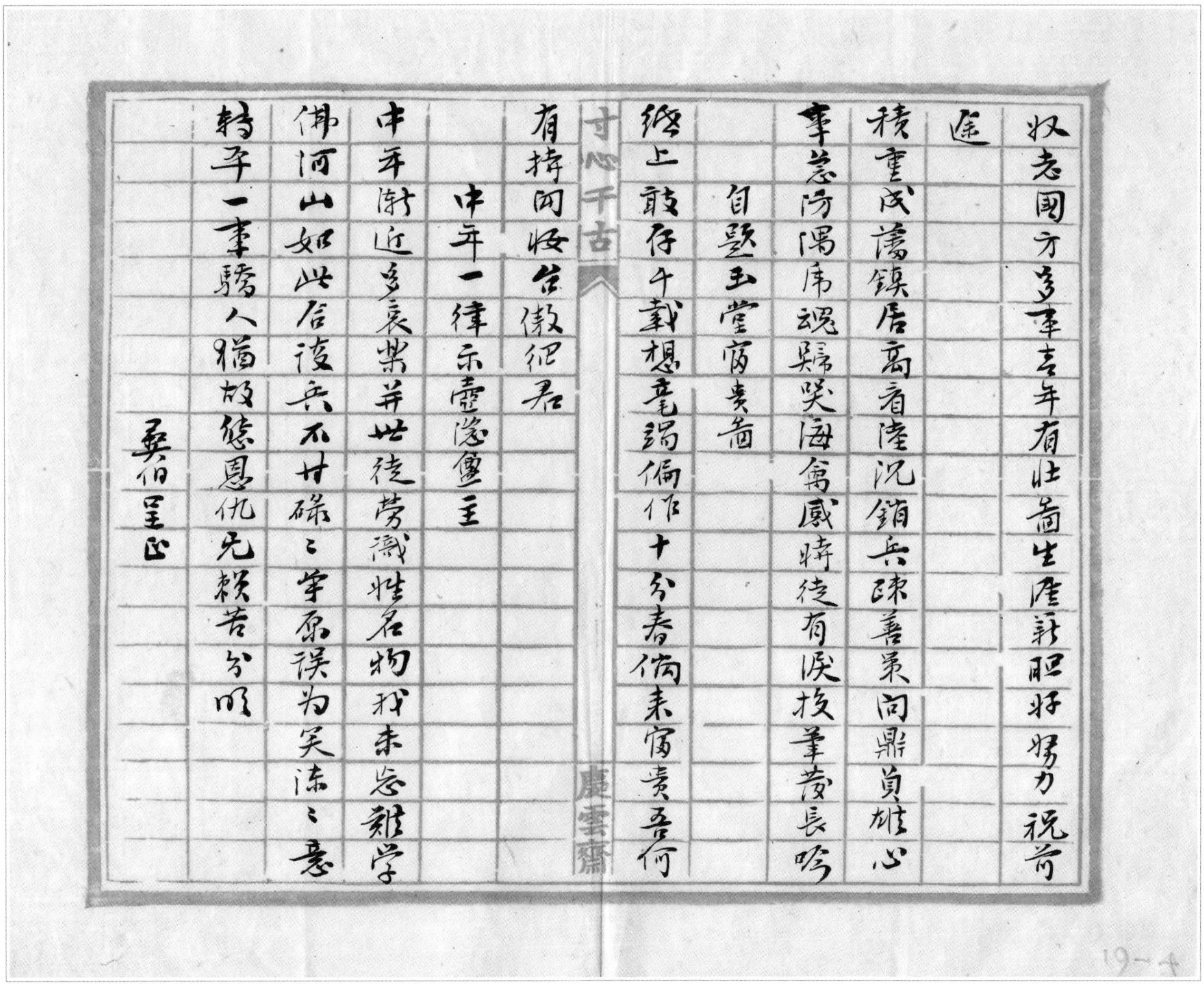

請劍誅奸佞，輸財實要儲。傷心甘作倀（叶仄），疾首恥爲奴。老國方多事，青年有壯圖。生涯薪膽好，努力祝前途。

積重成藩鎮，居高看陸沉。銷兵疏善策，問鼎負雄心。事急防隅虎，魂歸哭海禽。感時徒有泪，投筆發長吟。

自題玉堂富貴圖

紙上敢存千載想，毫端偏作十分春。倘來富貴吾何有？持問妝臺傲細君。

中年一律示壺隱盦主

中年漸近多哀樂，并世徒勞識姓名。物我未忘難學佛，河山如此合談兵。不甘碌碌爭原誤，爲笑陳陳意轉平。一事驕人猶故態，恩仇無賴苦分明。

彝伯呈正

答壺隱即次前均

三皈未悉禪中旨，萬象誰留劫後名。守志何妨經作伴，降愁豈仗酒爲兵。卧游山水娱狂性，夢想唐虞頌太平。書遞絶交賦烏有，誤生端不在聰明。

再示壺隱用前均

才非用世宜孤處，語不驚人愧得名。避地琴書聊免俗，鬩墻兄弟正陳兵。偶談哲理思莊子，漫托騷心儗屈平。撿束風華歸淡泊，乘時解脱證無明。

答壺隱仍依前均

姑作大言欺恶客，不知何物比浮名。空函殷浩無長策，借箸淮陰善將兵。須使文章成實用，極憐機械造和平。新潮已見披東亞，倘是芸生一綫明。

大風渡鯽魚湖（即宋岳武穆敗金兵處）

浩森難消興廢恨，浪花如雨擊船弦。狂吟驚破蛟龍睡，起視風雲已滿天。

游紫雲山

壞壤積成山，佛法浩如許。紺宇金碧輝，此間亦浄土。飛閣度鐘聲，夕陽照林樹。撫景幾徘徊，客懷鬱未吐。東望海氣森，舟車惜勞苦。出世動寸心，四顧歸何所。拾級一登臨，悠然思終古。

夜夜即事

一水渺無際，扁舟趁晚涼。波濤争起落，星月故低昂。别緒隨蓬轉，愁心共路長。榜人能解事，笑語慰思鄉。

挽易功甫先生

一廛耽市隱，三徑賦幽居。快意杯中物，閑情架上書。死生原應爾，出處竟何如。太息斯人去，凄凉梅雨初。（公豪於飲，并有酒肆三所）

論事不從衆，居鄉惟秉真。半生能自樹，並世闇無人。念念悲時局，蚩蚩問鬼神。公私拚一哭，誰爲指迷津。（今夏里中神會復興，虚靡巨款，當政商兩界議决，公堅執不可，蓋時局如此，勞民傷財，至無謂也）

丁巳冬流寓灶下親友招飲沉醉幾殆家人憂慮苦相規勸自是絕意麴麥不復隸名酒國矣追賦一詩以志所慨工拙則弗計耳

醉死恐無福，醒時良獨難。擎將雙泪眼，痛此河山殘。風雨走群魅，肉食多尸餐。餘子何足道，棋局争長安。釜幕不知死，人海推波瀾。
莫如飲斗酒，陶然忘悲歡。酣睡達昏曉，是鄉天地寬。家人能勉善，警語來無端。藐兹好身手，樹立當不刊。奈何事麴麥，陸沉終旁觀。
我聞擲杯起，一一銘寸丹。頭顱待高價，鷄鳴劍光寒。偉人寧有種，雲路凌翛翰。與民造幸福，爲國鋤巨奸。醉醒兩無礙，家國天職完。

己未春感時絶句并序（補録三月作）

僻壤獨居，單情寡豫，危時自怵，孤憤彌深。子美吟詩，致拳拳於家國；蘭成作賦，數歷歷之劫灰。半壁河山，新亭風景，非人謀之未善，豈時勢之如斯。略綴小詩，藉鳴微意云爾。

料量長愁付短斟，庭除芳草不成陰。春归依舊多風雨，鶯燕枝頭空好音。

閲世傷時抱古哀，弄人造化費疑猜。桃夭杏艷争顏色，故釀輕寒不放開。

閑譜韶華唱竹枝，惱人花外夕陽遲。一池春水頻波縐，應怪東風著意吹。

捲簾天氣太蕭森，楊柳籠烟色漸深。有客登樓開倦眼，孤舟多少故園心。

右詩四絶曾寄投《時報》，登否則未之注意，申明免誤會。

斷指行 爲張子民權作（戊午）

當筵斷指，千秋獨有南齋雲。張子民權爾何人，竟能追踪古先烈，一心爲國忘其身。鈞天沉醉舉世睡，砧戲釜游秋復春。內亂頻危外交急，拒約歸來事膽薪。誰知今日人心已死盡，視國猶如越視秦。籌備大學乞衆助，蹉跎日月仍未觀厥成。張子憤極不可遏，乃以一指供犧牲。熱血淋漓書數字，四座感奮泪沾巾。區區此指何足道，同胞急起毋逡巡。我於報端獲見血書影，愛如拱璧匪毋因。吁嗟乎，愛如拱璧匪毋因，匪愛其字愛其人。

減字木蘭花　偶感

恩仇交戰，跧伏十年磨一劍。午夜龍鳴，願爲人間報不平。　百無聊賴，髀肉偷閑雙鬢改。莫著先鞭，辜負雄心欲問天。

金縷曲　述懷示友琴

怙恃悲全失。嘆伶仃、兄孱弟弱，却憑誰惜。莫道當年優樂事，回首都成陳迹。祇贏得、青衫泪濕。要有微衷君不解，托枯桐、朝夕鳴胸臆。恩與怨，慳難訖。

西風吹我增凄惻。儘半生、含辛嚼苦，人情荆棘。境處清貧儕阮籍，一任沉憂無益。問困龍、何時起蟄。憤懣常萌逋世想，奈前途、責重肩安息。劣心緒，强消釋。（安改作焉）

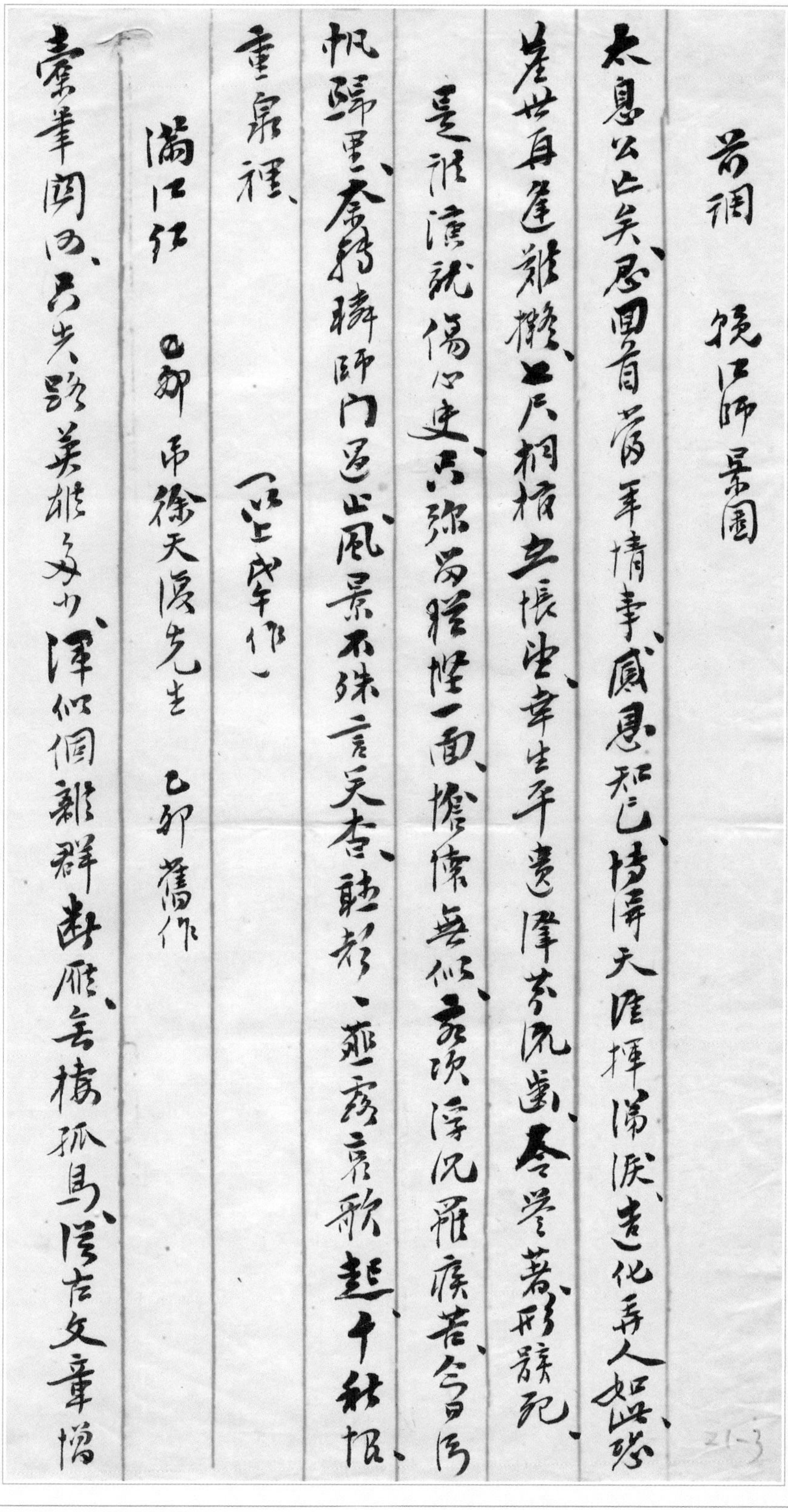

前調 挽江師景園

太息公亡矣。忍回首、當年情事，感恩知己。博得天涯揮涕泪，造化弄人如此。恐塵世、再逢難擬。七尺桐棺空悵望，幸生平、遺澤芬流齒。令譽著，形骸死。

是誰演就傷心史。只彌留、猶慳一面，愴懷無似。客次浮沉罹疾苦，今日片帆歸里。奈轉瞬、師門遏止。風景不殊言笑杳，聽聲聲、《薤露》哀歌起。千秋恨，重泉裏。（以上戊午作）

滿江紅　弔徐天復先生（乙卯舊作）

橐筆關河，空失路、英雄多少。渾似個、離群斷雁，無栖孤鳥。從古文章憎命達，濟時學術空懷抱。問天心、何事不憐才，回也夭。

滿腔恨，憑誰掃。畢生事，何日了。忍回頭故園，銅駝蔓草。傷亂曾吟開府賦，送窮莫屬昌黎稿。好男兒、貴志到泉臺，同悲悼。

擬楚陽日刊藝苑欄發刊辭（戊午）

溯自刻簡以來，文字之浩繁如海。災梨之數，典籤之類等恒沙。宗工哲匠，代有其人；摛藻揚華，不愧作者。場開翰墨，各標幟以爭鳴；案擁圖書，每拈毫而立說。不寧描寫性情，用抒幽緒；要亦化行俗美，藉覺衆生。文則有駢散之分，蘇韓鮑庾；詩則有古今之別，沈宋劉曹。歌曲則盛於元代，叢書則著自唐人。搜羅掌故，……

紫陽之紀述堪珍；劉記仙狐，蒲子之見聞實異。他若杜牧之罪言，悲憤而含諷刺；曼卿之諧語，游戲而寓箴規。各具專長，焉能偏廢。僕等才嗤博士，舞笑羊公。曾鞏固未能詩，霍光坐於不學。囊中螢死，久甘戢影於蓬門；座上塵揮，忍托空譚於當世。慨此歐風狂驟，秦火煽炎，國學沉淪，詞章澌滅。因援匹夫興亡之責，特闢同文撰述之欄。弗論修短，惟擇善以選登；勉持始終，請繼今以從事。但獨木安能支廈，而集腋方可成裘。外埠不乏通人，故鄉豈無碩士。倘蒙辱愛，時惠佳篇，敬締神交，共謀進步。多多益善，用饜讀者之心；陳陳相因，匪復同人之志。幸祈垂鑒，敢貢蒭言。

題辛伯小影

獨醒衆醉誰知己，蕩氣迴腸感劫塵。天下滔滔競權利，幾人面目尚能真。
世情難與孤懷合，冷眼翻嫌熱泪多。寄語天涯狂阮籍，漫分青白但悲歌。

感懷

積憤消杯酒，狂懷付浪吟。青衫猶有泪，白眼果何心。事業文章賤，風塵恩怨深。廿年嗟寡合，敢説爨餘音。

寄二弟仲子揚州

浪迹惟憐出岫雲，車塵馬足久離群。錦囊添得懷人什，凄絶揚州月二分。

秋杪東下滞跡劉莊感逝傷離偶拈一律

清霜敗葉易思鄉，爲底浮踪各一方。漏盡荒鷄堪借警，風吹斷雁不成行。窮途挾策心空熱，異地藏名願或償。戚友無多半生死，片帆人世小滄桑。

先父三週客中誌痛

今夕爲何夕，千秋抱痛深。可憐游子泪，難慰故親心。楮酒空陳奠，人天久渺音。擎杯拚一醉，魂夢好追尋。

除夕

一載餘今日，光陰空復過。閲人狂態減，入世疚心多。隱隱傷真氣，勞勞怎浩歌。附膺發長嘆，來歲又如何。（以上戊午作）

己未人日寄楚緑江南

題詩却喜逢人日，作客應教思故鄉。一水何心干聚散，百年隨分計行藏。天涯有夢牽芳草，世事無端易夕陽。只此孤懷誰與語，雲天回首感參商。

無題

裁箋巧咏落花詩，命薄偏多絶世姿。欲遣情懷勞玉管，無端謡詠到蛾眉。蕉心剥盡愁誰見，蓮的生成苦自知。寄語深閨諸女伴，莫從塵海著相思。

書懷示同人

浪擲韶華枉自呵，鍵關屏迹哭還歌。貧猶善病情懷減，壯不如人感慨多。萬卷敢言書已讀，十年應悔劍空磨。深居莫問今何世，海内風雲駛馬戈。

歷劫還留未了因，敢從塵海怨勞薪。無如不合推餘子，有隱難宣索解人。俗累争驅才氣退，浮名易損性情真。秋風多勵須强飯，且爲前途惜此身。

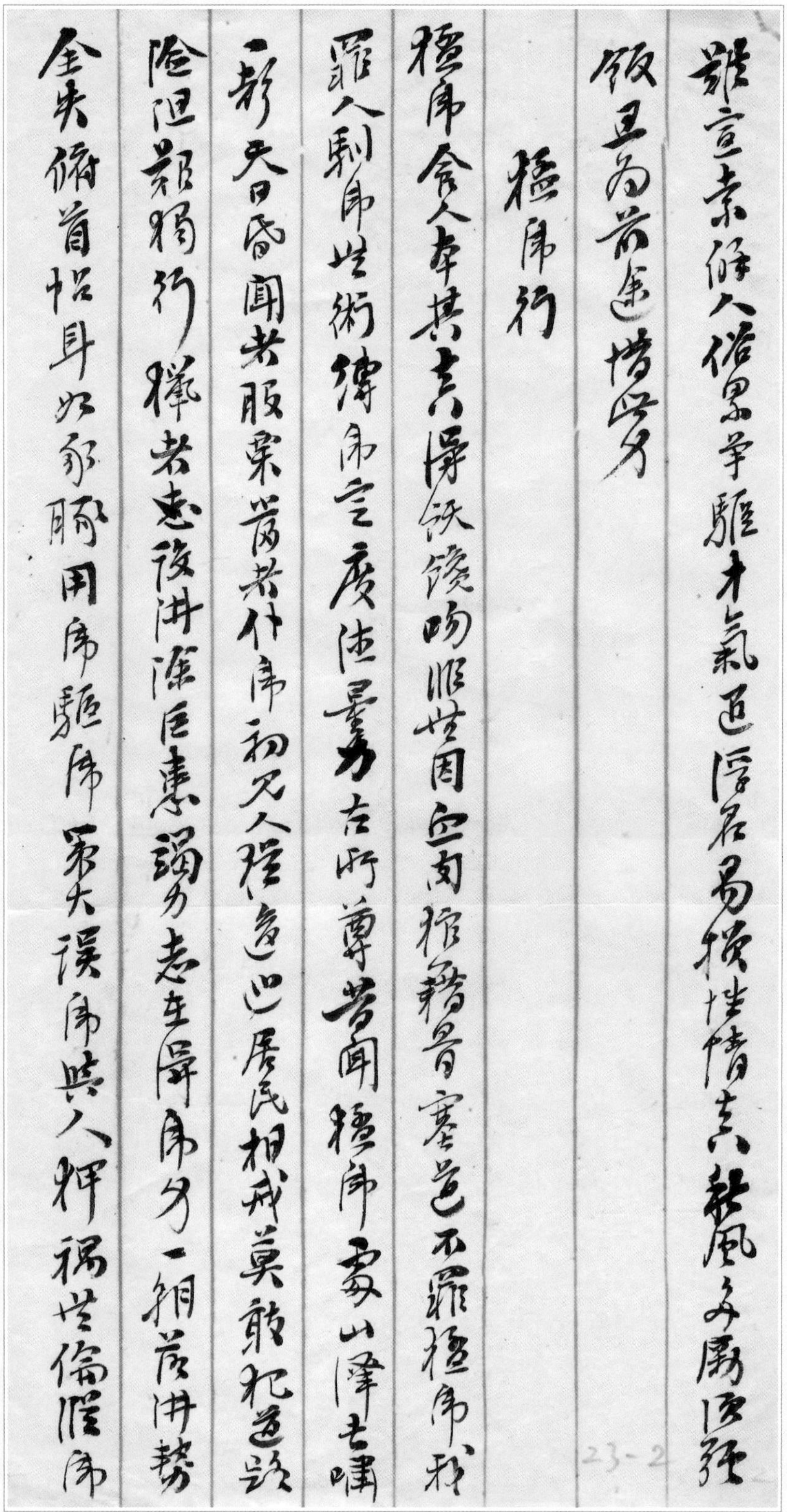

猛虎行

猛虎食人本其真，得飫饞吻非無因。血肉狼藉骨塞道，不罪猛虎我罪人。馴虎無術縛虎定，度德量力古所尊。昔聞猛虎處山澤，長嘯一聲天日昏。聞者股栗當者仆，虎初見人猶逡巡。居民相戒莫敢犯，道路險阻難獨行。獵者設阱除巨患，竭力志在得虎身。一朝落阱勢全失，俯首帖耳如豕豚。用虎驅虎策大誤，虎與人狎禍無倫。縱虎出柙虎狂吼，奔逐街衢猛絕塵。肥瘠不擇爭果腹，一路哀哭那堪聞。天賦虎性實殘忍，今之殘忍人所成。虎兮辜恩悔已晚，名雖虎食實是君。

孽海

孽海横波閲古今，多生慧業漸消沉。不辭煩惱居人世，甘棄菩提證道心。念念親冤争鬬烈，

層層障礙劫魔深。欲從溷濁尋真樂，何處靈山聽梵□。

以上録客歲舊作，但拙詩向不存稿，就記憶所及，不識與前寄有重出者否，祈檢之。

三月二日得錫九表兄書却寄

漫懷薄技干當路，且脱敝裘付酒家。一劍一簫猶客氣，青山青史總空花。不才自笑拖腸鼠，失計真成畫足蛇。身外浮名人世累，何如壠畝課桑麻。

上巳登拱極臺

折簡偕修禊，桐華又禁烟。登臺風景異，屈指歲時遷。魚鳥知幽樂，賓朋愧集賢。莫譚天下事，詩酒足留連。

游劉莊紫雲山

壞壞積成山，佛法浩如許。紺宇金碧輝，此間即浄土。雲樹度鐘聲，名陽正亭午。對景幾徘徊，客懷鬱未吐。東望海氣森，車舟惜憂苦。恍惚出世心，四顧歸何所。拾級一登臨，悠然思終古。

袁萊

海叟負盛名，月兒歌高曲。遥遥六百載，墓草幾黄緑。徘徊賢游涇，長跪屈雙足。先君昔在世，才調亦驚俗。同赴一抔土，我欲歌當哭。哭罷呼吟魂，餘韵響金玉。名士聯翩來，憑弔情意篤。石甃嗟斑剥，蕭蕭但風竹。慨然共修築，游賞差足樂。愧我一脉傳，才疏負空腹。

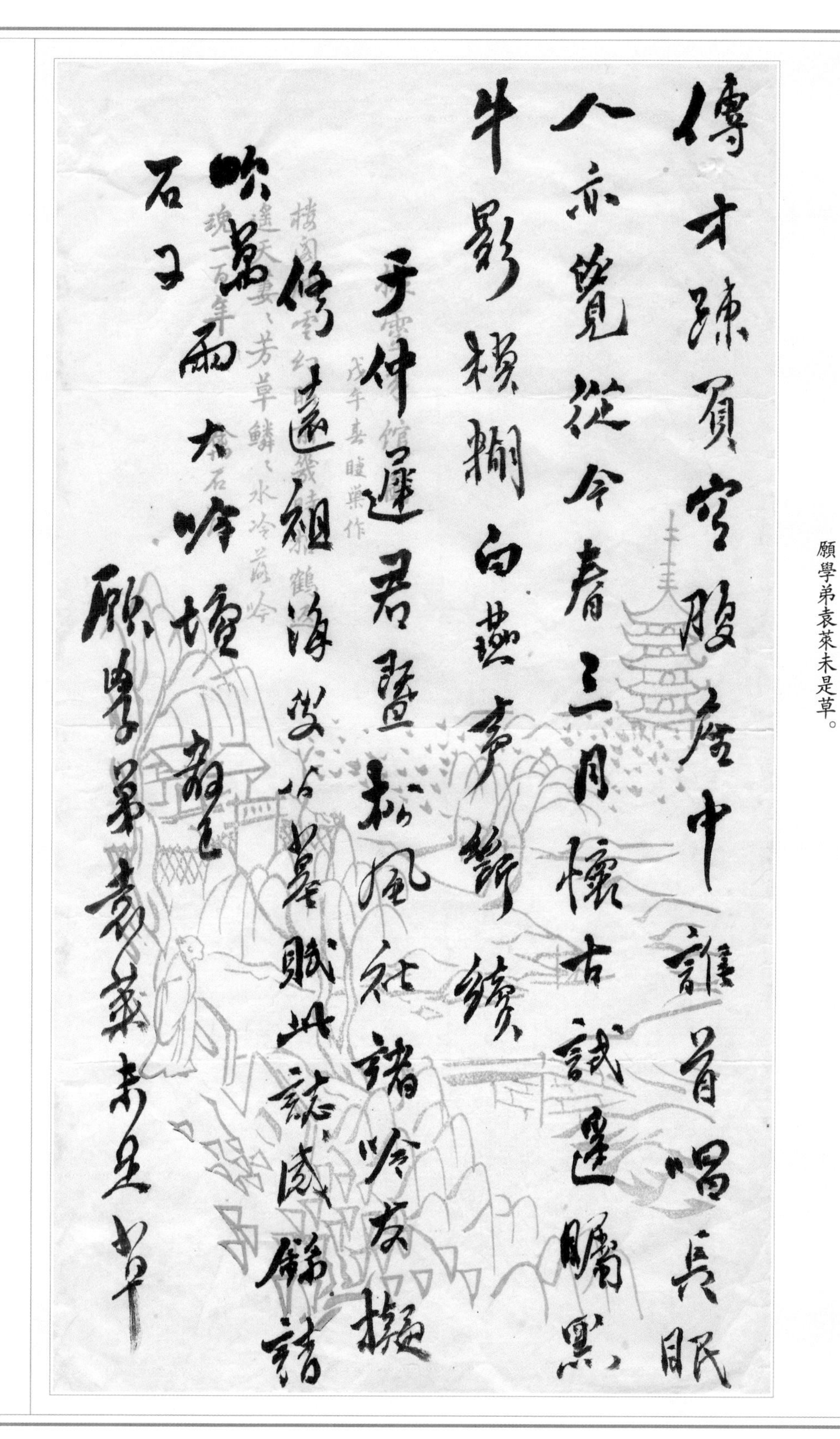

座中誰首唱，長眠人亦覺。從今春三月，懷古試遥矚。黑牛影模糊，白燕聲斷續。

于仲遲君暨松風社諸吟友擬修遠祖海叟公墓，賦此誌感，録請吹萬、石子兩大吟壇教正。

願學弟袁萊未是草。

畢醰甫

論詩　畢醰甫

有客文章品論多，幾番慷慨發謳歌。試將詩派初唐比，風氣元和勝永和。

杜李千秋仰盛名，元輕白俗入閑評。而今藝苑流傳句，誰有昇平雅頌聲。

海上驚聞鼙鼓聲，騷人擱筆減吟情。談詩幸有良朋集，燭剪西窗夜二更。

論詩　畢醰甫

有客文章品論多，幾番慷慨發謳歌。試將詩派初唐比，風氣元和勝永和。杜李千秋仰盛名，元輕白俗入閑評。而今藝苑流傳句，誰有昇平雅頌聲。海上驚聞鼙鼓聲，騷人擱筆減吟情。談詩幸有良朋集，燭剪西窗夜二更

倪上達

俚言兩首録呈
鳳石先生　哂政
神州莽莽競争雄，欲寄浮生到處窮。東坡兩遊赤壁勝，西湖再湖泛素心同。曠觀浩渺波千頃，爲覓乾净地一弓。非愛湖山風景媚，聯吟錦句貯詩筒。
武林南北西泠西，即景興懷伉儷齊。范蠡逃名舟作宅，世忠息影鼓停鼙。桃源自古無山洞，葛嶺於今有石梯。爲愛此中多堪隱逸，者番遊徧白蘇堤。
倪上達未是草

俚言兩首録呈鳳石先生哂政

神州莽莽競争雄，欲寄浮生到處窮。東坡兩游赤壁勝，西湖再泛素心同。曠觀浩渺波千頃，爲覓乾净地一弓。非愛湖山風景媚，聯吟錦句貯詩筒。

武林南北西泠西，即景興懷伉儷齊。范蠡逃名舟作宅，世忠息影鼓停鼙。桃源自古無山洞，葛嶺於今有石梯。爲愛此中堪隱逸，者番游遍白蘇堤。

倪上達未是草

徐自華（懺慧）

和佩子初度　懺慧

海天沈滯倏驚秋，觸目徒勞漆室憂。如此芳辰休草草，笑他時局總悠悠。無多酒量拚沈醉，不盡愁懷懶唱酬。三十年前觴詠地，可堪今日賦重游。（『三願嗣人』）

參議院秘書廳公用箋

和佩子初度

海天沈滯倏驚秋觸目徒勞漆室憂如此芳辰休草草笑他時局總悠悠無多酒量拚沈醉不盡愁懷懶唱酬三十年前觴詠地可堪今日賦重游

懺慧

月　日

徐法祖

秦望山懷古　徐法祖

層巒疊嶂一螺鬟，相拱相抱成連環。游人着屐登其頂，感喟蒼茫天地間。曠观上下千百載，蓋世雄風今安在。聞説始皇輦道馳，地以人傳迄弗改。流連八景浩無邊，秋月春花年復年。泉濁泉清渾不辯，荒祠寂寂草芊芊。君不見，古墓凄凉吴義士，敬恭到處懷桑梓。鬼磷螢火路迷茫，白骨纍纍皆如此。又不見，東南保障侯將軍，手提勁旅掃倭氛。英風凜凜今未滅，好摩碑碣弔孤墳。吁嗟乎，飛來一片玲瓏石，獨自披榛尋履迹。秦山望海幾時休，予懷渺渺非疇昔。

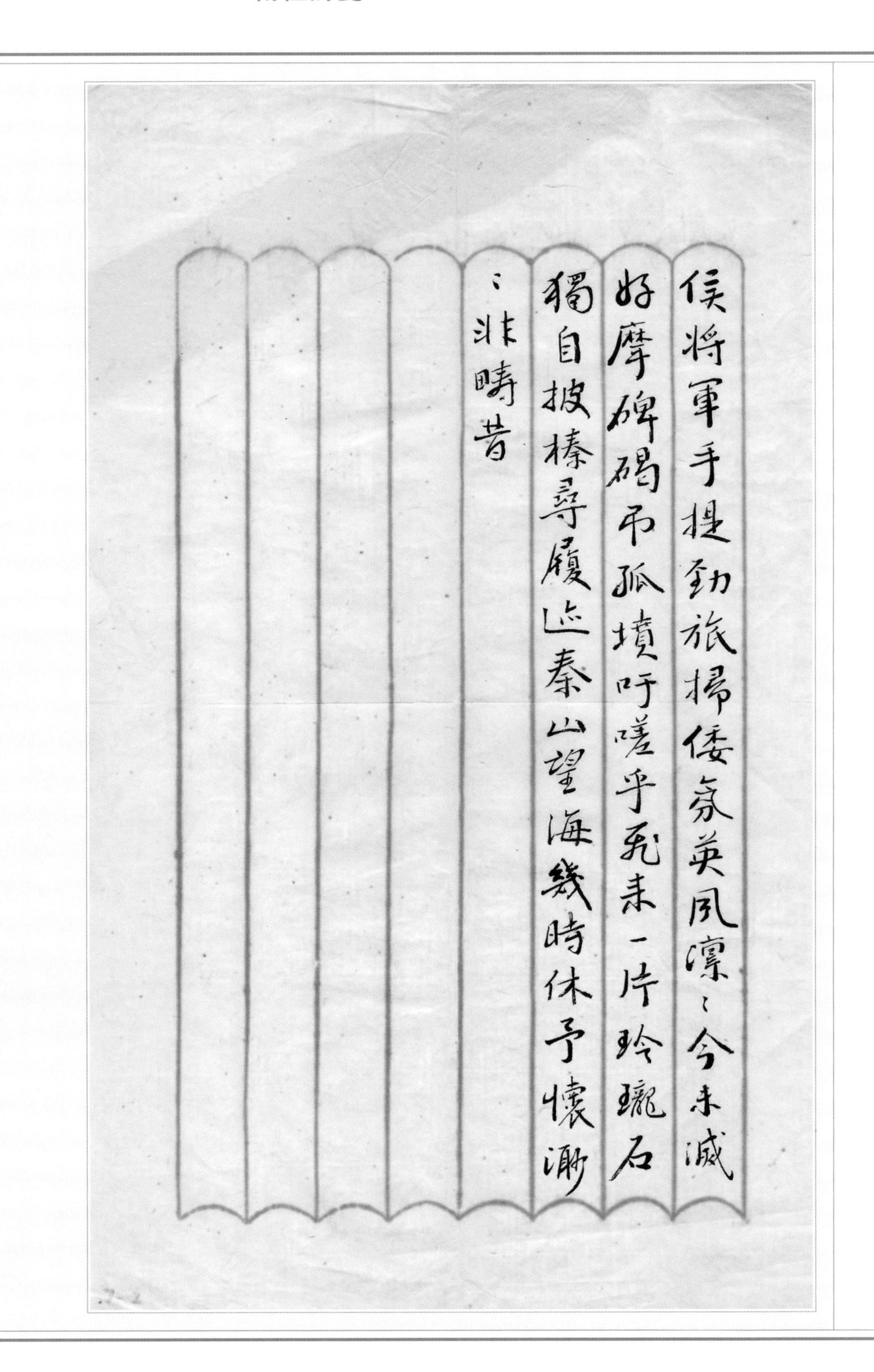

侯將軍手提勁旅掃倭氛英風凜〻今未滅
好摩碑碣弔孤墳吁嗟乎死未一片玲瓏石
獨自披榛尋履迹秦山望海幾時休予懷渺
〻非疇昔

徐培弱

論詩

謫仙風韻本天才，豪放氣充力大哉。詩思飄然那可敵，南華曠達導源來。（李青蓮）

少陵風雅繼風騷，法律精嚴體格高。孔思周情詩號聖，不惟詩史勝詩豪。（杜少陵）

風流儒雅仰長公，的是奇才氣象雄。詩筆汪洋詩格健，宛如天馬矯行空。（蘇東坡）

詩如水淡格偏工，道似香山實不同。高澹襟懷和淡韻，劍南宗派得陶公。（陸放翁）

徐培弱學草

高基（君深）

題三子游草

湖山無恙恣游敖，此日東南集俊髦。一隊酒兵圍燭短，四筵詩壘疊愁高。吹殘鐵笛聲何苦，拍遍紅牙意自豪。爾許深情托烟水，飄然齊上木蘭舠。

石子我兄吟正。深初稿。

題三子游草

湖山無恙恣游敖此日東南集俊髦一隊酒兵圍燭短四筵詩壘疊愁高吹殘鐵笛聲何苦拍遍紅牙意自豪爾許深情托烟水飄然齊上木蘭舠

石子我兄吟正

深初稿

贈侯誠孚二十韻

我識侯生在丙午，豐頤白皙行踽踽。是時同學十三人，嘩談攘臂競夸詡。深沉我服侯生賢，落落不與庸衆伍。北窗坐對動經年，精勤誰說曾參魯。故知回也實不愚，夜闌季子方刺股。如實養根光加膏，埋頭促膝窮今古。一朝瀟灑數千言，十餘人者舌争吐。悠悠歲月不可居，風流雲散一長憮。我年十七賦从軍，黄鶴楼頭飛白羽。風聲一夕遍大江，江東子弟如雲聚。着鞭肯讓祖生先，參横月落出黄浦。黄浦之水濁且腥，澄清志决殲醜虜。誰知人事有不謀，歸來飽受竪儒侮。嘵嘵荒鷄空復鳴，起看頭顱还自撫。信知識字憂患媒，不如早早學爲圃。君行賣葯儕韓康，我亦潦倒追杜甫。吁嗟乎，古者駿骨千黄金，今也國士直糞土。夷門雖復老侯嬴，不遇信陵庸有補。

陳栩

紅情　用竹垞體題紅薇感舊圖記　仁和陳栩蝶仙

潭川塵夢，算到今七載，還留餘痛。仗汝聰明，翻把書生當嬌寵。堪笑迷藏幾度，翠樓畔、珍珠簾縫。只負了、三宿空桑，打槳渡頭送。惶恐。政潮湧。似敗局一枰，再番搬弄。是誰懵懂，啞謎春燈未猜中。憂患餘生尚在，最難忘、美人情重。向畫裏、虔辦取瓣香親供。

紅情　用竹垞體題紅薇感舊圖記　仁和陳栩蝶仙
題詠三　五
潭川塵夢。算到今七載。還留餘痛。仗汝。聰明。翻把書生。當。嬌。寵。堪笑迷藏幾度。翠樓畔珍珠簾縫。只負了。三。宿。空。桑。打槳。渡頭。送。惶恐。政潮湧。似敗局一枰。再番搬弄。是誰懵懂。啞謎春燈未猜中。憂患。餘。生。尚。在。最難。忘。美人。情。重。向畫裏。虔辦取瓣香親供。

陳去病

天貺節爲亡婦生日

撒手黄埃又一年，魂兮縹緲落何邊。當時生日渾閑事，此際尋思轉惘然。獨客天涯誰與伴，買山歸去竟無錢。眠牛未卜頻惆悵，半夜躊躇月正弦。

去病時客穗垣（『巢南四十六歲以後文字之章』）

黃朝桐

再回叠馬子勤先生丁卯元旦七十偶成韻六首并序

春間在百色五中，曾將元韻奉和寄呈，忽忽已半年矣。近以父子同校之故，稍滋物議。適有太平六中徵聘，遂轉來服務，於中秋月夜抵校。但一年未滿，由右江而左江，不免風塵僕僕，因再將元韻逐首回叠，補前意所未及，並報近狀，以爲解嘲云爾。黃朝桐。

西風田豆又菲菲，荏苒流光手一揮。已感幽鶯喬木誤，應教碩鼠樂郊譏。麗江秋月當頭好，澄水春雲舊夢非。遥卜季長康似昨，華山拄杖想依稀（山爲公近村之風景）。

倜儻公才本不羈，翩翩車馬少年時。求名詎必爭官錦，救世頻勞解亂絲。心湛冰壺披雅度，身持玉杖納鴻釐。興來自寫椒花頌，豈類艱吟皺兩眉。

内訌何處試牛刀，才大難爲長者勞。崇聖不聞洙俎豆（公嘗謂文廟毀去便不及各國之保存古迹），禮賢無復浚干旄。神仙悠謬嗤丹訣，群衆流亡托素豪。莫謂林泉甘隱遁，非時聊爾晦龍韜。

獨坐南窗酌小甌，細將家世注緣由（去冬曾見公自叙累代起家功烈若干稿，蓋應同正修志之徵也）。田園在望娛彭澤，山水爲鄰慰柳州。擇木良禽應偃息，臨崖駿馬亦歸休（公在烟酒局，雖云簡任只得數月）。塵中漫羨渾無累，此老原來與道游。

游
報道壺中尚可棲（太平府即崇善縣有壺城之名）名山舊業且勾稽論文許我兼宗魯（桐此來專任國文授國語讀本兼授古文讀本）講武看誰再伯齊蟻被磨旋偏向左鳥當毛毯便宜西舌耕自是儒家事政界毋庸問子奚牛馬年來苦累余（璠兒球姪肄業梧州二中校瑋兒擔任教育費不敷應付不得已累及乃父）未能息影理園蔬故廬別主千山外游子思親半載餘（瑋兒屢欲奉繼祖母游百色及仲秋朔間我母遄行而桐已離色輪舟上下不能覿面實一悵事也）苜蓿倘容開飯袋（近時目不稱職之教師爲飯桶教員）鞭笞何怨服鹽車客中一事堪相慰不是離羣悵索居

報道壺中尚可栖（太平府即崇善縣，有壺城之名），名山舊業且勾稽。論文許我兼宗魯（桐此來專任國文，授國語讀本，兼授古文讀本），講武看誰再伯齊。蟻被磨旋偏向左，鳥當毛毯便宜西。舌耕自是儒家事，政界毋庸問子奚。

牛馬年來苦累余（璠兒、球姪肄業梧州二中校，瑋兒擔任教育費不敷應付，不得已累及乃父），未能息影理園蔬。故廬別主千山外，游子思親半載餘（瑋兒屢欲奉繼祖母游百色，及仲秋朔間，我母遄行，而桐已離色，輪舟上下，不能覿面，實一悵事也）。苜蓿倘容開飯袋（近時目不稱職之教師爲飯桶教員），鞭笞何怨服鹽車。客中一事堪相慰，不是離群悵索居。

披讀瓶山圖有所感念因賦以詩（乙丑）

同正曾子儀師於壬戌冬爲桐畫扇，作《瓶山圖》，珍重藏之。頃偶檢閱，適届三週歲矣。師之别號有瓶山、采芝、野客、瓶山半僧等名稱，而其未梓詩鈔，亦顔曰『瓶山』。山蓋爲師所時常眷戀，且早欲於山之麓築一草堂而未果者。回憶丁酉年桐將作文十數篇就正，是爲識師之始，即爲識山之始。癸卯甲辰間，因避亂得游山洞，且陟其巔，維時城中觀音大士尚未遷置其間。今忽感念，因賦以詩，名爲題山，實所以表景仰師資之意云爾。

披讀瓶山圖有所感念因賦以詩乙丑

同正曾子儀師於壬戌冬為桐畫扇作瓶山圖珍重藏之頃偶檢閱適届三週歲矣師之别號有瓶山采芝野客瓶山半僧等名稱而其未梓詩鈔亦顔曰瓶山山蓋為師所時常眷戀且早欲於山之麓築一草堂而未果者回憶丁酉年桐將作文十數篇就正是為識師之始即為識山之始癸卯甲辰間因避亂得游山洞且陟其巔維時城中觀音大士尚未遷置其間今忽感念因賦以詩名為題山實所以表景仰師資之意云爾

采芝早欲結幽栖，巔嶠回環西又西。何日堂成來燕雀，應無猿鶴夜間啼。

瘴雨蠻烟玉一堆，崢嶸使我數低徊。南中何處無山石，偏自傾心到此來。

誰强瓶山號半僧，廿年曾記幾攀登。尊師惶愧題名在，衣鉢傳來我未能（近陸君煞塵謂予留題洞壁有『瓶山是我師』五字，墨迹依然，已不記憶）。

城市喧囂且避居，白衣向此作精廬。都人游玩知多少，可有冥心契佛書。

榜山遥遠近鐔山，左右高低指顧間。縮入丹青圖一幅，居然仙境出塵寰。

圓通渾厚自存神，崇拜誰知別有因。阿好倘傳詩卷去，山名洋溢定無垠（《瓶山詩鈔》八卷，志和音雅，得張文襄主神味之正宗。年來師自行寫定，尚未完訖，桐竊欲爲之傳播，不知力從心否）。

步馬子勤表兄夫子丁卯元旦七十偶成徵詩元韻聊當觥獻並述鄙懷（丁卯）

雍容恬淡似公稀，七十從心泯是非。曠達何曾爲境累，英豪原不畏人譏。詩清於水寧嫌嘔，筆大如椽尚可揮。返老還童疑有術，韶光相對共芬菲。

聞道扶風有白眉，後先輝映此延釐。才高恍比沖霄翮，心細還如入扣絲。破格尋龍猶有地，周流來鳳待何時。遐齡便享兒孫福，自得堂前樂不羈。

入扣絲破格尋龍猶有地周流來鳳待何時遐齡便享兒孫福自
得堂前樂不羈
文有經權武有韜固應名世作賢豪昌黎學術崇山斗諸葛聲名
振羽旄抱道未能施治化成軍不及著功勞世途通塞寧堪問便
合深藏此善刀
卅年前事憶從游誨我諄諄不稍休猿鶴忽嗟同鬼物龍蛇徧要
鬧神州縱然林肯期平等爭奈羅蘭悵自由熱血一腔妨逆湧且
將冷水吸盈甌
偶得詩章付小奚側身已是故鄉西漫言時事烟雲幻且閱塵寰

文有經權武有韜，固應名世作賢豪。昌黎學術崇山斗，諸葛聲名振羽旄。抱道未能施治化，成軍不及著功勞。世途通塞寧堪問，便合深藏此善刀。

卅年前事憶從游，誨我諄諄不稍休。猿鶴忽嗟同鬼物，龍蛇徧要鬧神州。縱然林肯期平等，爭奈羅蘭悵自由。熱血一腔妨逆涌，且將冷水吸盈甌。

偶得詩章付小奚，側身已是故鄉西。漫言時事烟雲幻，且閱塵寰物我齊。盼盼何人同賞析，欣欣有子可居稽。道南（謂田南並借用程明道事）兩字公毋誤，衹是鷦鷯此一栖。

天地爲廬盡可居，交通世界逐舟車。木棉且看鵝城外，芸草頻翻蠹食餘。勞碌爺郎勤握筆，驕憨婦孺怨餐蔬。郵筒莫誤梅檐下，恐被花神匿笑余。

燈節後五日接奉詩筒，數日間忽有來色之消息，係兒輩奉教育廳委長五中校，並准禀請乃父同任教職。由邕拍電到家，女兒、媳婦暨孫男女强隨出門，蓋誤若服官之能肉食也者。行裝甫卸，草草塞責，實不能工，聊傾葵愫而已。桐並記。

題陸煞塵臨石門銘（乙丑）

此本爲陸君煞塵所臨贈者，與原本筆意不甚相似，而時作波磔，具有篆勢。昔銕嶺楊氏謂楷不入隸，無緜成字，而嘆篆勢爲難能。何道州嘗謂《黃庭》以静逸勝，其臨寫之本，亦並無一筆似右軍者，乃曰已釋愧負。鄭板橋詩云『十分學七要抛三，各有靈苗各自探』。嗚呼，陸君其知道矣。

題陸煞塵臨石門銘 乙丑

此本為陸君煞塵所臨贈者與原本筆意不甚相似而時作波磔具有篆勢昔銕嶺楊氏謂楷不入隸無緜成字而歎篆勢為難能何道州嘗謂黃庭以靜逸勝其臨寫之本亦並無一筆似右軍者乃曰已釋愧負鄭板橋詩云十分學七要抛三各有靈苗各自探嗚呼陸君其知道矣

暑期國語講習同學錄序 丙寅

世界萬事潮流因時而至教育亦然新學制既興國語從之而曼衍丙寅暑假本校馬堯衢校長爰聘邑寧覃君士林主任是科維

暑期國語講習同學録序（丙寅）

世界萬事潮流因時而至，教育亦然。新學制既興，國語從之而曼衍。丙寅暑假，本校馬堯衢校長爰聘邕寧覃君士林主任是科。維時遠近陸續前來肄習三十有九人，桐不在其列，緣覃君嘗從予游，校長乃詭以書記相屬，陽佐覃君以滅其迹，禮讓之隆，令人不知所措。予秖引韓昌黎《師説》『弟子不必不如師，師不必賢於弟子』二語爲辭，三人相顧而笑。曩者曾走都門，聽過北話，兒輩亦曾學國音於南京，以故覃君抱謙來質，彼此商榷，以爲交換智識，然要以予所得於覃君爲多。予惟『方言』二字，古今同慨，將來國語果能統一與否不得而知，而此時此地，覃君實足爲先導。晨夕聚首，不及匝月，同人謀之校長，作同學録以誌不忘。桐重違校長之請，且以爲時甚暫，倘非上流社會，其能用情若是之懇摯耶。桐與有榮，遂盥手而爲之叙。中華民國十五年八月識於隆安第八小學校。

時遠近陸續前來肄習三十有九人 桐 不在其列緣覃君嘗從予
游校長乃詭以書記相屬陽佐覃君以滅其迹禮讓之隆令人不
知所措予秖引韓昌黎師說弟子不必不如師師不必賢於弟子
二語為辭三人相顧而笑曩者曾走都門聽過北話兒輩亦曾學
國音於南京以故覃君抱謙來質彼此商榷以為交換智識然要
以予所得於覃君為多予惟方言二字古今同慨將來國語果能
統一與否不得而知而此時此地覃君實足為先導晨夕聚首不
及匝月同人謀之校長作同學錄以誌不忘 桐 重違校長之請且
以為時甚暫倘非上流社會其能用情若是之懇摯耶 桐 與有榮

六月廿五寄覆一函，想當鑒及。茲抄拙稿數首，祈察收斧政。至商兑會兩年常年捐，容後再匯上。近日校潮，倘有教言，仍請寄隆安舍下爲妥。此致石子先生青鑒。弟朝桐謹啓。七月卅一。

遂盥手而為之敘中華民國十五年八月識於隆安第八小學校

六月廿五寄覆一函想當鑒及茲抄拙稿數首祈察收斧政至商兑會兩年常年捐容後再匯上近日校潮倘有教言仍請寄隆安舍下爲妥此致石子先生青鑒弟朝桐謹啓七月卅一

張洛

外子寒瓊再爲屯公社長畫紅薇感舊圖漫題一首仿定公體　合浦張洛媜子

紅門橋畔秋燈紅（乙卯七月寒瓊在杭州城紅門橋吴子和、陸貴真家畫是圖），紅沫爲圖絶世紅（冬心嘗以美人口脂畫花）。竟付長沙劫火紅，再買胭脂畫更紅。

張權

懷劉任和武昌即寄（時君方肆業國立武昌商業專門學校）　慈利張權心量

武昌苦憶劉任和，不見我書應我訶。九月秋深雷嶽雨，千山木落洞庭波。男兒莫負好身手，此世誰知殊白科。商業前塗一争競，待君起挽魯陽戈。

白茶花

蛾眉淡掃玉無瑕，此是人間皎潔花。脱却六朝金粉氣，卿家性質似兒家。

題任和雪葬寒花小説

雪葬寒花事可知，書名哀艷動人思。漫將漫泪傳兒女，別有傷心訴與誰。

把君著作燈前讀，急雨敲窗兀坐時。特地柔情消未得，惹儂百丈引相思。

萬縷情絲牽復牽，個儂哀史編復編。摧肝忍泪苦復苦，兒女痴呆傳復傳。

美人憔悴我無聊，涌起心情十丈潮。孽果如今誰與證，一燈無睡可憐宵。

懷劉任和武昌即寄時君方肆業國立武昌商業專門學校　慈利張權心量

武昌苦憶劉任和不見我書應我訶九月秋深雷嶽雨千山木落洞庭波男兒莫負好身手此世誰知殊白科商業前塗一爭競待君起挽魯陽戈

白茶花

蛾眉淡掃玉無瑕此是人間皎潔花脱却六朝金粉氣卿家性質似兒家

題任和雪葬寒花小説

雪葬寒花事可知書名哀艷動人思漫將漫淚傳兒女別有傷心訴與誰

把君著作燈前讀急雨敲窗兀坐時特地柔情消未得惹儂百丈引相思

萬縷情絲牽復牽箇儂哀史編復編摧肝忍淚苦復苦兒女癡騃傳復傳

美人憔悴我無聊湧起心情十丈潮孽果如今誰與證一燈無睡可憐宵

大兒生以戊午六月十七日前歐文忠生四日名曰脩錦字曰歐前又曰

六七賦一絕志之

大兒生以戊午六月十七日前歐文忠生四日名曰脩錦字曰歐前又曰六七賦一絶志之

無災祝汝兼無害，及汝呱呱墮地時。名汝歐前吾願大，文章政事謬心期。

扁舟

滿地干戈時亂離，扁舟問汝欲何之。前塗珍重風波惡，戮力同心險化夷。

三江口

筆峰摇兀零流競，如此山河日又曛。忽憶將軍禽賊處，三江口上泝前聞。

官潭

漁船兩兩與三三，日日打魚沽醉酣。却笑去來江上客，輸儂安穩住官潭。

無菑祝汝兼無害及汝呱呱墮地時名汝歐前吾願大文章政事謬心期

扁舟

滿地干戈時亂離扁舟問汝欲何之前塗珍重風波惡戮力同心險化夷

三江口

筆峰摇兀零流競如此山河日又曛忽憶將軍禽賊處三江口上泝前聞

官潭

漁船兩兩與三三日日打魚沽醉酣却笑去來江上客輸儂安穩住官潭

楊母艾太夫人七十壽詩六章四章章八句二章章九句

於維壽母羣女宗師乃賢乃淑中矩中規入宫虔職百靡一虧析蔆成教有成則巍

歲云莽矣來嬪于楊三日廟見乃拜姑嫜上堂梨栗下堂酒漿曰汝賢婦其家之慶

楊母艾太夫人七十壽詩六章四章章八句二章章九句

於維壽母，群女宗師。乃賢乃淑，中矩中規。入宮虔職，百靡一虧。折蔑成教，有成則巍。

歲云笄矣，來嬪于楊。三日廟見，乃拜姑嫜。上堂梨栗，下堂酒漿。曰汝賢婦，其家之慶。

温兮清兮，逮事威姑。奉之如母，是將是扶。一藥一餌，一衾一裯。三十斯年，莫敢或渝。

相汝夫子，肅肅無違。二豎纏汝，則察其微。此怔忡者，匪手術治。不藥之藥，壽母知醫。

有兒有兒，劣虎優龍。清末武衛，赫然軍容。拳起輦轂，折八國衝。兒武兒勇，惟教之豫，乃卒殄彼凶。

如江如河，如岡如陵。九如天保，壽母之德。其稱壽母之壽，不騫不崩。凡百有位，邦人君子，頌百福是膺。

温兮清兮逮事威姑奉之如母是將是扶一藥一餌一衾一裯三十斯年莫敢或渝

相汝夫子肅肅無違二豎纏汝則察其微此怔忡者匪手術治不藥之藥壽母知醫

有兒有兒劣虎優龍清末武衛赫然軍容拳起輦轂折八國衝兒武兒勇惟教之豫乃卒殄彼凶

如江如河如岡如陵九如天保壽母之德其稱壽母之壽不騫不崩凡百有位邦人君子頌百福是膺

哭九弟四首

鴟鴞風毀巢奇變連骨肉昨喪從祖母號泣聲震屋悃柩在中庭窀穸尚未卜

汝病奚爾生死喪日相續無端凶二棺為時一來復阿孃哭聲啞阿爺淚盈掬

阿兄及阿姊剝腸念手足以汝稟賦佳不應竟無祿一病胡爾劇一死胡爾速

哭九弟四首

鴟鴞風毀巢，奇變連骨肉。昨喪從祖母，號泣聲震屋。閟柩在中庭，窀穸尚未卜。汝病突爾生，死喪日相續。無端凶二棺，爲時一來復。

阿孃哭聲啞，阿爺泪盈掬。阿兄及阿姊，剥腸念手足。以汝稟賦佳，不應竟無禄。一病胡爾劇，一死胡爾速。昨日見汝嬉，今日剩我哭。

人事誠蒼茫，天道彌刻毒。茲意欲問誰，搔首空躑躅。

前塵一回溯，當汝墮地時。丙辰歲十月，園梅初著枝。八日母生日，合室方祝釐。其夕適生汝，歡聲溢門楣。試啼驗英物，祝無害無災。

命名曰翩九，命字曰同慈。竊取莊子義，萬里扶摇期。汝誕厥彌月，眄睞異常兒。我喜摩汝頂，他日定不羈。方冀成立後，與汝相提携。

追迹軾與轍，連床其庶幾。如何一轉瞬，汝病藥不醫。涕下如綆續，心痛如刃摧。奮願付來世，遺憾終古悲。

昨日見汝嬉今日剩我哭人事誠蒼茫天道彌刻毒茲意欲問誰搔首空躑躅

前塵一回溯當汝墮地時丙辰歲十月園梅初著枝八日母生日合室方祝釐

其夕適生汝歡聲溢門楣試嗁驗英物祝無害無菑命名曰翩九命字曰同慈

竊取莊子義萬里扶搖期汝誕厥彌月眄睞異常兒我喜摩汝頂他日定不羈

方冀成立後與汝相提携追迹軾與轍連牀其庶幾如何一轉瞬汝病藥不醫

涕下如綆續心痛如刃摧奮願付來世遺憾終古悲

昨汝病陡作夜半聞驚呼起視在母抱瘛瘲方發初匆匆延醫治推拏（治法之一種）

不能蘇艾火數十灸嗁不聞吩吩已訝敗症見生死爭須臾母痛急無計咒水

求神符猶冀萬一效詎知願望虛自卯以迄酉汝魂離汝軀室燈黯無燄拊膺

熱未除手足不強直氣色仍豐腴汝本無可死竟死誠何辜三歲尚未周促齡

胡爲予堂上憐二老淚眼爲汝枯阿兄痛尤摯悵悵臂助孤汝死何自活吾哀

何自攄

昨汝病陡作，夜半聞驚呼。起視在母抱，瘛瘲方發初。匆匆延醫治，推拏（治法之一種）不能蘇。艾火數十炙，啼不聞呱呱。已訝敗症見，生死爭須臾。母痛急無計，咒水求神符。猶冀萬一效，詎知願望虛。自卯以迄酉，汝魂離汝軀。室燈黯無焰，拊膚熱未除。手足不强直，氣色仍豐腴。汝本無可死，竟死誠何辜。三歲尚未屆，促齡胡爲乎。堂上憐二老，泪眼爲汝枯。阿兄痛尤摯，悵悵臂助孤。汝死何自活，吾哀何自攄。

人生非金石，安得長不死。住世即百年，百年亦暫耳。後先固一盡，成毁原物理。死亦何所悲，生亦何所喜。試溯三載前，何嘗知有爾。再過數十載，知吾又何似。如電如萍蓬，直可一例視。徒悲果何爲，達觀者知旨。予也獨何人，寧可不若彼。嗣今不汝悲，憂共汝柩瘞。

人生非金石安得長不死住世即百年百年亦暫耳後先固一盡成毁原物理
死亦何所悲生亦何所喜試溯三載前何嘗知有爾再過數十載知吾又何似
如電如萍蓬直可一例視徒悲果何為達觀者知旨予也獨何人寧可不若彼
嗣今不汝悲憂共汝柩瘞

二十二歲初度爲詩十六章自壽兼懷諸同人

忽忽行年二十二，被天强賦作男兒。如何遂已中年近，及此須妨老大悲。冉冉脩名猶未立，區區文字亦何爲。燈紅酒緑健園（吾園名）夜，獨自呼杯狂咏詩。

昔曾絞腦擘科學，奔走朝朝一號鈴。物我人天窮哲理，聲光化電淪心靈。算稱西法仍東法（習算數無入處），翩奮南溟徙北溟。三四年來宛似昨，無成負我鬢毛青。

政體共和七八載，可憐國是尚蹉跎。絲棼今日治寧易，肉食諸公吾謂何。大事無端争水火，前塗其奈惡風波。南强北勝悠悠口，日閲于墻涕泗沱。

慈利張權心量

二十二歲初度為詩十六章自壽兼懷諸同人
忽忽行年二十二被天强賦作男兒如何遂已中年近及此須妨老大悲冉冉脩名猶未立區區文字亦何為燈紅酒緑健園吾園名夜獨自呼杯狂詠詩
昔曾絞腦擘科學奔走朝朝一號鈴物我人天窮哲理聲光化電淪心靈算稱西法仍東法習算數無入處翩奮南溟徙北溟三四年來宛似昨無成負我鬢毛青
政體共和七八載可憐國是尚蹉跎絲棼今日治寧易肉食諸公吾謂何大事無端爭水火前塗其奈惡風波南强北勝悠悠口日閲于墻涕泗沱

憔悴生民亦可憐，驕兵惡幣兩相煎。一時痛苦寧哀汝，萬事蒼茫莫問天。況復如毛憂盜賊，竟成大地滿戈鋋。水深火熱難言喻，井邑蕭條又市廛。

萍谿今者思余二（愛生），與子論交如弟兄（成句）。不合時宜拳曲木，無關我事短燈檠。風雷磊落吾無似，肝膽輪囷衆所傾。歲歲江湖落拓走，蟄龍屈蠖嘆平生（借悔晦師句）。

四海畸人喜識君，酒軍詩壘各鏖文。英雄操許劉先主（謂任和），寂莫人嗤揚子雲。左字胠盧稱絶學（任和長于英文），不羈天馬自空群。洞庭八百遥遥隔，矯首空階眺夕曛。

生不成名身已老，知君懷抱近何如。同嗟有債皆兒女，獨自勞形到簿書。舌敝唇焦勤教授（子元），腕疲筆秃事鈔胥（小白）。窮年兀兀成何事，相憶相憐賦索居。

憶相憐賦索居

健者觥觥莫子偉高天厚地蝨文豪喑嗚叱咤千人廢俛仰蒼茫一隼高喜有奇情追腐馬更無價值論盧騷直前邁往吾慙汝比似韓門有李翱

過從常與數晨夕姻婭私親兼比鄰短日寒天一會合酒腸劍胆獨輪囷拔山舉世應無敵屈蠖何時始少伸擊筑悲歌人未識衆中無語每沾巾

北眺雄關隔亞門有人誅莽闢林園漢采儘多懷抱憑誰語未必文章自我尊每嚼漢書蘇酒胆亦哦韓句壯詩魂漢采嗜韓文山深城曲疏形影風雨晦明均不言

茅花深處是君家掃地焚香避世譁日永編籬勤種竹客來汲水細

健者觥觥莫子偉，高天厚地虱文豪。喑嗚叱咤千人廢，俛仰蒼茫一隼高。喜有奇情追腐馬，更無價值論盧騷。直前邁往吾慚汝，比似韓門有李翺。

過從常與數晨夕，姻婭私親兼比鄰。短日寒天一會合，酒腸劍胆獨輪囷。拔山舉世應無敵，屈蠖何時始少伸。擊筑悲歌人未識，衆中無語每沾巾。

北眺雄關隔亞門，有人誅莽闢林園（漢采）。儘多懷抱憑誰語，未必文章自我尊。每嚼《漢書》蘇酒胆，亦哦韓句壯詩魂（漢采嗜韓文）。山深城曲疏形影，風雨晦明均不言。

茅花深處是君家，掃地焚香避世嘩。日永編籬勤種竹，客來汲水細烹茶。身如仙佛心無礙，園傍谿山樂靡涯。清福人間原自致，管他虎擲與龍拏（楚良築不息園傍茅花界）。

同志已稀吾道孤，況兼死别痛黄壚。短顔脩跖由來久，挂劍題碑今則無（馮柏林、吴鐵安之死，不知其葬處）。虎虎青年無壽相，區區後死悵孱軀。一抔之土芊芊草，何處埋君百感俱。

回頭默默前塵溯，殤我長兄傷母心。喪弟中更三五六，蜕蟬空有去來今。中方（五妹名）又以今年死，此痛真如大海深。差幸鴻（四弟名）聯（七弟名）林（八弟名）九（九弟名）在，團團之樂樂愔愔。

異軍特起我堂堂，一介書生來戰商（近與同人集股開設羣大公司于縣城）。托拉斯雄誓左右，斯賓塞競以存亡。合群倘結吾團體，對外寧憂人蹶張。警覺提撕各努力，由來天演在能强。

陸沈岌岌欲安歸逢亂離時涕滿衣蓋次公狂何必酒信天翁樂在
忘機莽戎邊敵有憂患醇酒婦人誰是非簡出深居聊爾爾遵時養晦
願多違
七尺昂藏天地間愧無一策濟時艱劍橫我亦聞龍泣璞在君休哂
石頑壯不如人何況老日多于髮豈容閒茫茫後顧無窮事王霸功
名反掌間

陸沈岌岌欲安歸，逢亂離時涕滿衣。蓋次公狂何必酒，信天翁樂在忘機。莽戎邊敵有憂患，醇酒婦人誰是非。簡出深居聊爾爾，遵時養晦願多違。

七尺昂藏天地間，愧無一策濟時艱。劍橫我亦聞龍泣，璞在君休哂石頑。壯不如人何況老，日多于髮豈容閒。茫茫後顧無窮事，王霸功名反掌間。

張光蘐

題屯艮社長紅薇感舊圖　營山張光蘐稚鄉

心畫畫不得，代之以紅薇。人面何處去，紅薇有是非。
紅薇不自主，開落任東風。去年已紅了，如今不肯紅。

《紅薇感舊記題咏集》刊成，承營山張稚蘭女士寄詩，既補刊入集矣。旋復承稚鄉女士及媍城夫人各惠瓊章，無任欣感。惟書已出版，不及補入，因寄刊社集，以志雅惠。屯艮附記。

張宗華

和陶九日閒居

一官歸去來，聊復得此生（借句）。陽九數同愛，令節登高名。龍山帽誰落，蟹舍火獨明。風瀟復雨晦，司晨鷄失聲。維酒能掃愁，維菊能延齡。杞人果何心，尚復憂天傾。秋老霜漸侵，性貞松自榮。田園樂栖遲，親戚話舊情。委懷琴書裏，寒窗夢不成（借句）。

俚言録候石子表弟先生敲正。張宗華草。

其二　七絕四首　張忍百

邱錦江花有定評，縷金錯采發精英。鍾鑠品後司空品，雄渾清奇各異名。
庚擅清新鮑俊逸，青蓮學士一身兼。郊寒島瘦分詩派，格律誰如老杜嚴。
變風變雅其文蔚，窺豹何妨見一斑（《易》象詞『君子豹變，其文蔚也』）。論到詩中爐火候，遺山而後有倉山（袁子才《小倉山房詩》有仿元遺山論詩）。
好鳥嚶鳴求友聲，春風滿座結詩盟。一言敢向同人告，温厚和平見性情。

張破浪

花朝日詩

隨意能來不用招，是春都好況今朝。輕寒乍暖將三月，鬥酒沈吟費一宵。柳絮舊愁憐白下，杏花春雨過紅橋。前年尚有聞歌處，此日深居已寂寥。（『破浪』）

張端寅

和陶九日閑居

棲息衡門下，撫景良自閑。徜徉田園畔，擺脱世網艱。請辭軒冕客，好與野老班。芳辰不可負，巾車時往還。

清秋多佳日，悠然見孤標。欣賞一籬目，勝折五斗腰。將花寫幽致，對景無塵囂。遑云避灾患，奚必臨山椒。

秋容雖易晚，即事多歡心。有酒還自漉，無弦亦可琴。閑知歲華永，静喜花木深。稚子解翁意，芳醪每頻斟。

東皋愜幽望，秋稼連雲屯。晞髮疏林下，讀書孤松根。山中無理亂，世外忘晨昏。采菊且盈把，佩萸以侑樽。

拙作四首録呈石子姻兄先生吟壇哂政。

張端寅未定草

張德昭

才高酷似何無忌，佳話流傳到此時。千里騷壇分管領（與令舅高吹萬先生分長國學商兑會事），故鄉文獻重扶持（近又爲吹萬先生幫修縣志）。偕游燕市留名草，約泛西湖譜妙詞。一樣琳琅憐自出，深山大澤作雄奇（昭前贈吹萬先生詩中曾有『深山大澤雄奇氣，盡在君家一管城』之句）。

録贈石子老表叔先生哂正。表姪張德昭學源甫未定草。古歷八月初四日。

楊成育

秦望山懷古

祖龍呑并盡群雄，望海登山興不窮。萬歲千秋皇帝始，十洲三島有無中。白雲徑満仙人杳，碧蘚年深輦道空。後視今猶今視昔，振衣岡上賦秦風。

海上三山東復西，秦山名共查山齊。游龍歸去靈何在，石馬飛來字孰題（山有龍游洞、白龍洞、石馬磴、飛來石等，石上刻『南崖洞天』四大字）。三月踏青探勝景，雙峰滴翠映留溪（三月初一、十五、廿八日爲游秦山期，山有翠微、老人兩峰，『秦峰滴翠』爲留溪八景之一）。廓然四顧如圖裏，雲樹蒼茫碧落低。

七律兩首録呈鳳石先生吟壇賜正。弟楊成育未是草。

趙宗瀚

敬次大人游宣威東山寺五律二首元均　趙宗瀚

古寺訪東山，丹岩翠巘間。經時窮睇眄，此日事躋攀。松籟喧琴筑，泉聲戛佩環。宛温饒勝地，妙故在人寰。

攝咒龍輸地，安禪虎殺威。化身瞻佛大，生計嘆僧微。山色閱今古，吾心息是非。頗耽清净業，小坐欲忘歸。

敬次大人見月五律一首元均

雲破眉開繭，娟娟月吐華。清霜初幕野，濁酒忽思家。儉歲民勞劇，危時物議嘩。含情對征雁，捷訊盼長沙。

倘塘道中次均

層陰開莽蒼，行矣趁朝陽。驛古堠雙隻，途岐亭短長。雪泥鴻印爪，獵火樹遺創。莫漫嗟勞役，烽烟接混茫。

未諳詩律細，且放酒杯乾。忼爽從軍樂，蠻荒作客難。稻香生不識，茶苦老彌酣。寒月懸髡柳，茅檐徙倚看。

次大人山行戲作七古一首元均

屭屭崒嵂山頑冥，捫參歷井山中行。恍疑混沌鑿不死，彷佛又聞天鷄聲。斗杓如箠摘向手，鞭策羲馭牛馬走。奇險遠勝凌雲游，不須更羨漢嘉守。仙人倘遇黄初平，叱石成羊佐烹酒。

蚤發箐頭堡

荒鷄催出門，熹微纔辨趾。萬瓦霜痕白，一角曙光紫。節序猶初冬，咄哉寒至此。朔風故吹人，寒粟連肌起。重衾蹋壁眠，惟應紈褲子。

敬次大人山石七律一首元均

光明磊落復嶔岑，相對情應一往深。取彼借資攻汝錯，惟斯難轉喻吾心。莫隨怨鳥填滄海，留與畸人載鬱林。自是韓陵堪共語，勝如躍冶不祥金。

敬次大人過黔七律一首元均

信是勞身不易閑，席何曾暖突無黔。亦知入世難遺世，安得看山便買山。塵網已嬰羊躑躅，風詩初喻鳥綿蠻。川滇貴筑原唇齒，急難寧忘痛癢關。

兵役哀

群陰煽六合，恥説民爲主。備兵與應役，無復有安堵。老役膽如鼷，新兵氣食虎。如鼷良足哀，食虎亦何補。不幸膏鋒鏑，招魂更無處。心摧恤緯嫠，泪盡漆室女。傷哉運輸人，凍餒赴險阻。鞭撻不敢嗔，但云此例古。兵死或旌恤，役瘠誰勞苦。我從軍中來，此狀慘熟睹。輒思挽天河，洗兵歌偃武。不然泯見聞，如聾復如瞽。

南社叢刻編輯用紙　編輯者點句加圈凡註用雙行　錄第　頁

朔風故吹人寒栗連肌起重衾蹋壁眠惟應熱褲子

敬次大人山石七律一首元均
光明磊落復嶔岑相對情應一往深取彼借資攻汝錯惟斯難轉喻吾心莫隨怨鳥填滄海留與畸人載鬱林自是韓陵堪共語勝如躍冶不祥金
敬次大人過黔七律一首元均
信是勞身不易閑席何曾暖突無黔亦知入世難遺世安得看山便買山塵網已嬰羊躑躅風詩初喻鳥綿蠻川滇貴筑原唇齒急難寧忘痛癢關
兵役哀
群陰煽六合恥説民為主備兵與應役無復有安堵老役膽如鼷新兵氣食虎如鼷良足哀食虎亦何補不幸膏鋒鏑招魂更無處心摧恤緯嫠泪盡漆室女傷哉運輸人凍餒赴險阻鞭撻不敢嗔但云此例古兵死或旌恤役瘠誰勞苦我從軍中來此狀慘熟睹輒思挽天河洗兵歌偃武不然泯見聞如聾復如瞽

知我謡

湛湛心光虛室白，忽訝淮南仙拔宅。技師早鄙鬱輪袍，神弦再鼓雲和瑟。神仙可學豈然歟，秦皇漢武姑自娱。張騫鑿空徐福遁，就中孰得牟尼珠。我骨軒昂氣浩蕩，自顧差無食肉相。特欸玉局佞佛仙，頗契漆園齊得喪。骨清氣爽雙眸朗，人間獨來還獨往。慎葆心光毋自欺，留取正氣彌天壤。

七星關懷武鄉侯

武略南邦盛設施，即論文雅亦吾師。行當山水會心處，側想先生抱膝時。三顧隆中安漢策，七星關外報功祠。方今搶攘干戈際，不獨區區我繫思。

高山堡

浮嵐蒸細雨，暮靄黯青天。尊貯茅柴酒，厨通竹筧泉。行吟欣處處，旅食感年年。賴有姜肱被，宵寒却穩眠（時三弟同榻故云）。

雪中放歌遣懷次大人均

幾人得似袁安閑，雪中高卧門常關。嗟我飢軀歲云暮，却來看雪黔西山。山靈應笑阿蒙故，三十虛生無建樹。欣逢滕六迴雲車，填平坎窞崎嶇路。路平徑去師梁鴻，賃廡傭春歸拓東。不從鷄鶩争餘粒，醉鄉更訪王無功。高陽徒侶齊招手，飲可一石寧論斗。不能中聖亦中賢，拍浮之樂無如酒。酒酣踏雪尋梅花，馬蹄得得風沙沙。黑龍潭上唐時樹，花神入夢催移家。

戊午人日假惠泉寺設宴爲大人祝嘏大人賦詩紀之敬次元均

未能養志奉游行，却喜靈辰氣淑清。世界龍蛇方劇戰，山林猿鶴自長生。駐顔不待求丹訣，洗耳惟宜遠市聲。古佛堂中開壽宇，瞻依無量喻深情。

堯甫弟以癸卯年正月十一日生行年十六頒知讀書性亦恬静同侍大人于役在外適逢攬揆喜賦一詩壽之竝以相勖即疊前均

軼轍隨親又此行，卯君風度比詩清。漫嗟馬齒徒加長，會見鴒原結再生。劍可沖霄騰寶氣，文當擲地作金聲。更從孝友承家學，莫負高堂屬望情。

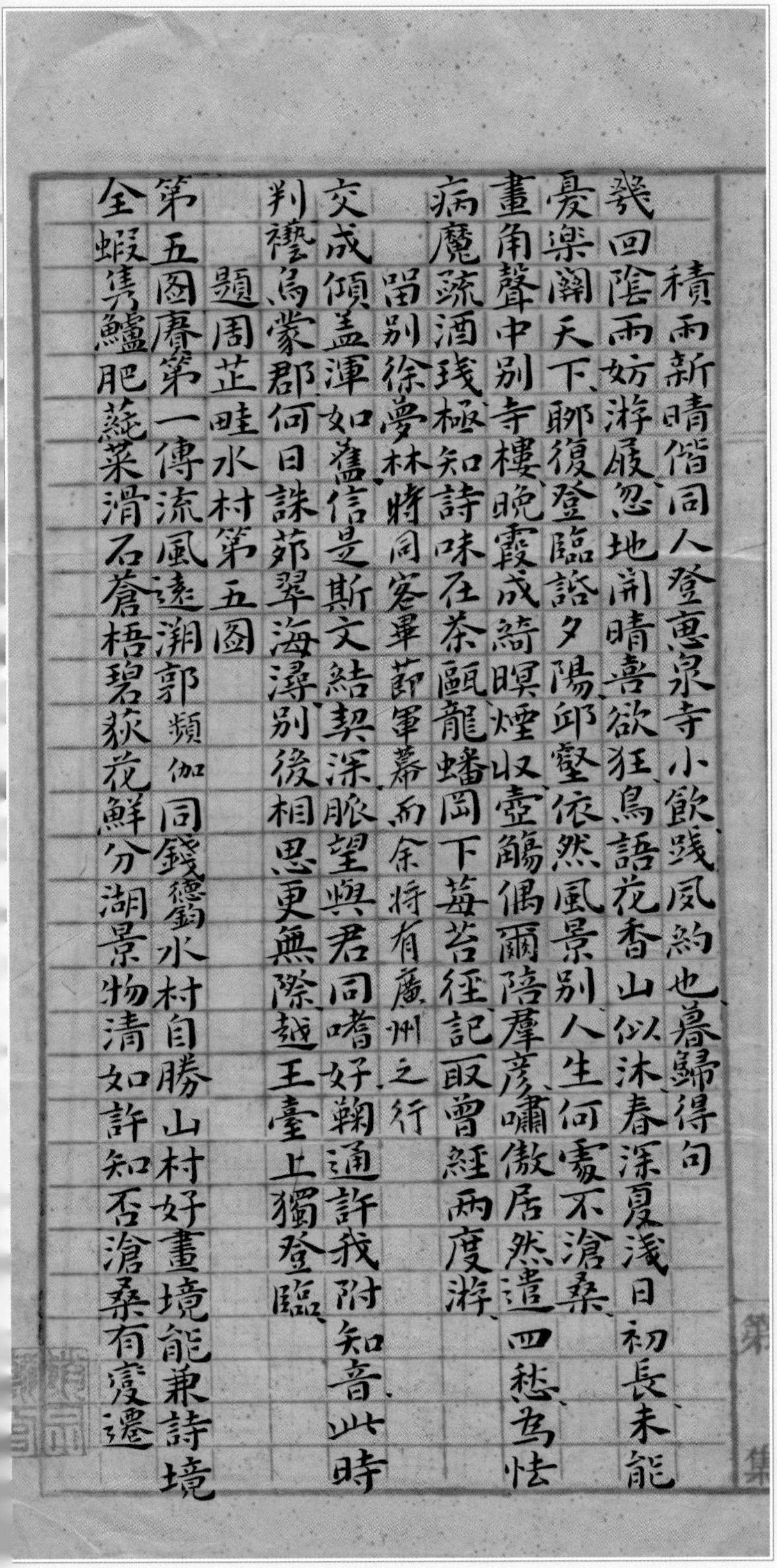

積雨新晴偕同人登惠泉寺小飲踐夙約也暮歸得句

幾回陰雨妨游屐，忽地開晴喜欲狂。鳥語花香山似沐，春深夏淺日初長。未能憂樂關天下，聊復登臨話夕陽。邱壑依然風景別，人生何處不滄桑。

畫角聲中別寺樓，晚霞成綺暝烟收。壺觴偶爾陪群彦，嘯傲居然遣四愁。爲怯病魔疏酒盞，極知詩味在茶甌。龍蟠岡下莓苔徑，記取曾經兩度游。

留別徐夢林時同客畢節軍幕而余將有廣州之行

交成傾蓋渾如舊，信是斯文結契深。脉望與君同嗜好，鞠通許我附知音。此時判襼烏蒙郡，何日誅茅翠海潯。別後相思更無際，越王臺上獨登臨。

題周芷畦水村第五圖

第五圖賡第一傳，流風遠溯郭（頻伽）同錢（德鈞）。水村自勝山村好，畫境能兼詩境全。蝦隽鱸肥蒓菜滑，石蒼梧碧荻花鮮。分湖景物清如許，知否滄桑有變遷。

趙逸賢

丙辰五月二十三日王宜人四七夢中得晤相向而哭皆失
聲醒而賦詩誌痛
丹徒趙逸賢念夢
我不見卿顔今已廿八日去日從此多百年成過客我生嗟不辰
命運殊否塞早歲喪嚴君今年卿又没百憂叢一身誰與紓籌
策念我同心人相商不可得自分永暌離終以幽明隔何期夢

丙辰五月二十三日王宜人四七夢中得晤相向而哭皆失聲醒而賦詩誌痛　丹徒趙逸賢念夢

我不見卿顔，今已廿八日。去日從此多，百年成過客。我生嗟不辰，命運殊否塞。早歲喪嚴君，今年卿又没。百憂叢一身，誰與紓籌策。念我同心人，相商不可得。自分永暌離，終以幽明隔。何期夢寐間，芳魂來彷佛。咫尺仍天涯，益使人凄惻。相向各無言，泪下羅襟濕。展轉到天明，依依不忍釋。起視空庭中，凉月滿階石。

寐間芳魂来彷彿咫尺仍天涯益使人悽惻相向各無言淚下
羅襟溼展轉到天明依依不忍釋起視空庭中涼月滿堦石
丁巳陰曆十二月十九日余三十初度疇昔之夜夢內子
夢仙治酒為我祝釐情極依戀俄而驚寤夢仙已不見
矣因以詩痛哭紀其事

仝上

丁巳陰曆十二月十九日余三十初度疇昔之夜夢内子夢仙治酒爲我祝釐情極依戀俄而驚寤
夢仙已不見矣因以詩痛哭紀其事

夢裏山荊儼再生，也知人世慶長庚。縱難偕隱追鴻案，猶爲分勞治兕觥。入地未忘明日事，躋堂如見昔時情。刹那不解歸何處，喔喔霜鷄下四更。

丁巳十二月十九日感懷夢仙内子

漏轉銅龍近五更，虛堂人静峭寒生。西窗一夜愁心起，怕听空階落葉聲。

階落葉聲
蠶絲未盡望難灰一去如何竟不回祇有明明舊時月夜深
還向繡簾來
題王宜人夢仙遺影
病時猶在榻斂時猶在棺一自封馬鬣再見良獨難賴有纖
仝上

蠶絲未盡望難灰，一去如何竟不回。祇有明明舊時月，夜深還向綉簾來。

題王宜人夢仙遺影

病時猶在榻，斂時猶在棺。一自封馬鬣，再見良獨難。賴有纖纖影，以伴儂形單。

纖影以伴儷形單每念伉儷情觸目增悲酸有食不能共有
寢不能安無言亦無笑獨立房櫳間生死別經年不念鰥夫
鰥握筆一長嘆對影摧心肝寒風動簾幙疑是臨塵寰

每念伉儷情，觸目增悲酸。有食不能共，有寢不能安。無言亦無笑，獨立房櫳間。生死別經年，
不念鰥夫鰥。握筆一長嘆，對影摧心肝。寒風動簾幕，疑是臨塵寰。

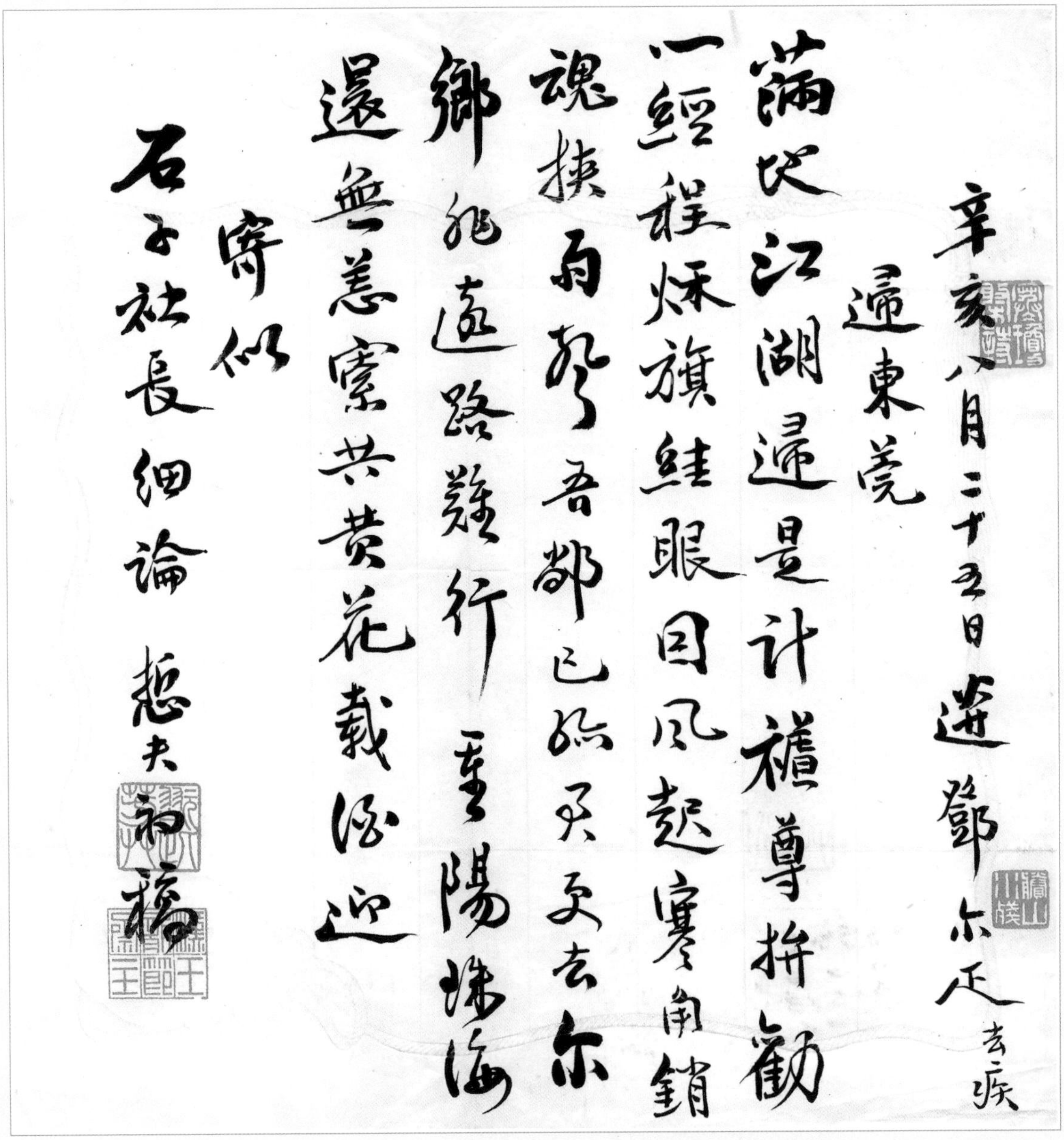

蔡守

辛亥八月二十五日送鄧爾疋去疾歸東莞

滿地江湖歸是計，祖尊拚勸一經程。秋旗絓眼因風起，寒角銷魂挾雨聲。吾鄁已孤君更去，爾鄉非遠路難行。重陽珠海還無恙，索共黃花載酒迎。

寄似石子社長細論。

悊夫初稿。（『寒瓊榭詩』『賸山殘水』『翫此芳草』『漢王龍節齋主』）

婦病（再疊前匀）

朝朝秤藥細分星，鬢影眉痕久不新。可是傷時如婿病，非關好飲累妻貧（《尸子》曰：其夫好飲酒，其妻必貧。余雅不好酒）。愁憎檐溜來深夜，瘦怯衾寒宛早春。玉樹堅牢恒自詡，豈甘餓學細腰人。

雨夜不寐（三疊前匀）

垂灺燈疑霧隱星，漏痕埿壁舊兼新。罷罯犯雨朝朝濕，文字供炊比比貧。粵客正愁吴下冷，端陽還似嶺南春。寒衾已是難成夢，飛溜如泉更攪人。

偶作小詩亞虞疊匀賜和走筆畣之（四疊前匀）

千里神交處士星，郵筒日日寄詩新。如君闘韵才真富，笑我尋章學固貧。原唱祇能爲下里，和歌翻妒有陽春。從今閣筆甘居後，不敢枯吟戰此人。

近作三首寫似鳳石詩家吟正。成城子供草。（『喆夫舊學』）

漆文光

湖南總司令部用箋

題三子遊草爲姚鳳石高吹萬柳安如各夫婦作
筆床茶灶載扁舟遊覽泛湖伴鷺鷗到處品題詩
亦畫名山勝水望中收
西湖竟得西施傳緬想吴宮昔日憐轉眼繁華都
是夢惟留色相燦詩篇
敬呈
鳳石社長學兄
哂政
社學弟雲卿漆文光未定稿

題《三子游草》爲姚鳳石高吹萬柳安如各夫婦作

筆床茶灶載扁舟，游覽泛湖伴鷺鷗。到處品題詩亦畫，名山勝水望中收。

西湖竟得西施傳，緬想吴宫昔日憐。轉眼繁華都是夢，惟留色相燦詩篇。

敬呈鳳石社長學兄哂政。社學弟雲卿漆文光未定稿。

盧卓民

恨草自序　新會盧卓民悔塵

在昔行吟澤畔，靈均寄恨於《離騷》；搔首途窮，阮藉托情於慟哭。《思元賦》作，寓意偏深；《顯志篇》著，願慚未遂。風塵逐逐，誰憐孫楚之懷；歧路茫茫，易下楊朱之泪。余也幼而喪父，長命不由。髫齡而學賈爲生，弱冠而傭書自給。偶耽吟咏，敢説驚人；即費推敲，詎能泣鬼。鴛鴦錦製而未工，鷫鸘膏塗而不澤。固自知類寡繭之抽絲，同殘蟬之响結矣。然而落英寫意，有同騷客之心；芳草抒情，無礙美人之想。寄生涯於筆墨，自訴凄凉；托感慨於歌吟，恒多抑鬱。嗟夫，天難補恨，有誰開媧氏之罏；地欲埋憂，何處覓伯倫之锸。春花秋月，無非惹恨之場；蘇海韓潮，豈有滌愁之水。鶗鴂啁哳，宋玉興悲；牧馬哀鳴，賈生惆悵。牢愁未解於妙言，貧骨難换乎仙藥。而况芸芸萬類，何堪偶現優曇；草草百年，都是寄生窶數。加以人情冷暖，時局艱難，憐蠻觸之紛紜，笑鷄蟲之得失。感時憤世，更難言矣。嗚呼，近彈棋之局，心自難平；擊唾壺而歌，口真欲缺。四愁五噫，豈屬寓言；叠雪輕綃，都成嘔血。飄零至此，夫復誰尤？惟是既爲恨人，偏多恨事。不有紀録，終覺非情。其有笑覆瓿之可羞，諷享帚之無謂者，余固無庸置辯也。

民國七年端節序於羊城法廨。

恨草自序

新會盧卓民悔塵

在昔行吟澤畔，靈均寄恨於離騷；搔首蓬窮，阮籍托情於慟哭。思元賦作，寓意偏深；顯志篇著，頓懸未遂。風塵遁遁，誰憐孫楚之懷；歧路茫茫，易下楊朱之淚。余也幼而喪父，長命不出，髫齡而學賈蕃生，弱冠而慵書自給。偶耽吟詠，敢說驚人；即費推敲，詎能泣鬼。鴛鴦錦製，而未工鷓鴣；膏塗而不墨，固自知類寫蘭之拙。絃同瑯蟬之吻，纔矣。然而落英寫意，首同騷客之心；芳草抒情，無礙美人之想。寄生涯於筆墨，自訴凄涼；託感慨於歌吟，恒多抑鬱。嗟夫！天難補恨，有誰問媧氏之鑪；地欲埋憂，何處覓伯倫之鍤。春花秋月，無非惹恨之場；蘇海韓潮，豈有滌愁之水。鵾雞啁哳，宋玉興悲；牧馬哀鳴，賈生惆悵。客愁未解於妙言，貧骨難換乎仙藥，而況芸芸萬類，何堪偏現優曇；草草百年，都是寄生寰藪。加以人情冷暖，時局艱難，憐蠻觸之紛紜，笑雞蟲之得失，感時憤世，更難言矣。嗚呼！近彈碁之局，心自難平；擊唾壺而歌，乃真敲缺。四愁五噫，豈屬寓言；疊雪輕綃，都成嘔血；飄零至此，夫復誰尤。惟是既為恨人，偏多恨事，不有記錄，終覺非情。其有笑覆瓿之可羞，諷享帚之無謂者，余固無庸置辯也。民國七年端節序於羊城旅廨

聽蟬

炎天偏愛晚陰晴，何處蟬鳴帶恨聲。料得未甘依葉底，飛來猶作不平鳴。

廳中菊花春盡猶開不絕感賦

簇簇黄花間紫薇，未秋風色上荷衣。如何老圃孤標在，也逐繁華競艷時。

閨思

寂寞深閨夢不成，每因離别泪頻傾。前身料得爲紅豆，一遇東風子便生。

倚欄鎮日蹙雙眉，底事淹留不欲歸。知否年年芳草緑，萋萋盡是泪痕肥。

不堪細雨又黄昏，庭院無人見泪痕。最惱侍兒來報道，誰家門巷又新婚。

相思紅泪濕香羅，惆悵欄干喚奈何。聚散正如天上月，圓時偏少缺時多。

極目雲天恨幾重，蕭蕭風雨夕陽鐘。最憐入夢偏難會，妾去郎來總不逢。

落花盡日掩重門，庭院徘徊欲斷魂。但願來生爲杜宇，啼聲偏愛覺王孫。

歡樂人生有幾何，可憐風月兩蹉跎。來生莫嫁封侯婿，婿嫁封侯恨總多。

秋感

世合難期落落胸，江湖豪氣學元龍。秋風恰似人情薄，山色正如歸興濃。作客每揮離别泪，飄蓬怕認往來踪。最憐觸我凄凉處，階下鳴蟲遠寺鐘。

懷潘君雲初

鮀江羊石暮雲堆，不見衡南一雁來。料得閑探詩窟透，可曾買醉酒家回。六朝金粉餘陳迹，五夜寒笳起暮哀。自别荆門音信遠，梅花又報一枝開。

閨思

孤燈残月夜漫漫，細數歸期夢未安。知否有人深夜坐，幾回倚遍碧欄干。

聽蟬

新會盧卓民恂塵

炎天偏愛晚陰晴。何處蟬鳴帶恨聲。料得當日依葉處，飛來猶作不平鳴。

廳中菊花春盡猶開不絕感賦

簇簇黃花間紫薇。未秋風色上荷衣。如何老圃孤標在。也逐繁華競艷時。

閨思

寂寞深閨夢不成。每因離別淚頻傾。前身料得爲紅豆。一過東風子便生。

倚欄鎮日蹙雙眉。底事淹留不欲歸。知否年年芳草綠。萋萋盡是淚痕肥。

不堪細雨又黃昏。庭院無人見淚痕。最惱侍兒來報道。誰家門巷又新婚。

相思紅淚濕香羅。惆悵欄干喚奈何。聚散正如天上月。團時偏少缺時多。

極目雲天恨鬱重。蕭蕭風雨夕陽鐘。最憐入夢偏難會。妾去郎來總不逢。

落花盡日掩重門。庭院徘徊欲斷魂。但願來生爲杜宇。啼聲偏愛覓王孫。

歡樂人生有幾何。可憐風月兩蹉跎。來生莫嫁封侯婿。婿嫁封侯恨總多。

秋感

幸合難期落落胸。江湖豪氣學元龍。秋風恰似人情薄。山色正如歸興濃。作客每憐離別處。飄蓬怕認往來蹤。最憐觸我淒涼處。堦下鳴蟲遠寺鐘。

懷潘君雲初

鮀江千古暮雲堆。不見衡南一雁來。料得閑探詩廬遍。可曾買醉酒家回。六朝金粉餘陳迹。五夜寒笳起暮哀。自別荊門音信遠。梅花又報一枝開。

閨思

孤燈殘月夜漫漫。細數歸期夢未安。知否有人深夜坐。幾回倚遍碧欄干。

除夕

傷心怕展昔年詩，一字重吟一字悲。况是相逢分歲夕，人家團聚我分離。
惆悵燈前喚奈何，屠蘇獨酌獨吟哦。遥知此夜思親泪，不敵慈親念子多。

落梅

幾樹參横古木橋，梅花零落雨瀟瀟。東風也似人情薄，又遣多情向柳條。

何朵壇卸檢長任詩以送之

未應高隱老岩阿，猶有蒼生念佛多。一事令人低首值，從無關説到閻羅。

偶成

舊恨新愁感百端，寄人籬下笑啼難。一燈愁聽連宵雨，孤枕儔憐午夜寒。怕觸親憂寧諱病，且排客恨强爲歡。烽烟未息家何在，羞向人前説冷官。

無題

裙子銀泥衫越羅，泥人尋味不言多。此生願逐柔鄉老，拚向妝臺伺眼波。
我亦疏狂杜牧之，憐才何幸有蛾眉。多情却怪偏殊俗，不索纏頭只索詩。

自題小影

小謫塵寰廿四年，如棋世局幾推遷。頭顱未得將仇擲，面目還應我自憐。漫笑詩詞投俗拙，慚無花樣入時鮮。逃禪尚有慈親在，横雨蠻風一惘然。

中秋

秋滿樓頭月滿筵，無聊人對有情天。誰憐蛇浦傭書客，憔悴江湖近十年。

秋閨

萬種離懷無可説，深宵有夢化蝴蝶。個郎情薄比西風，無賴秋聲無賴月。

除夕

傷心怕展昔年詩，一字重吟一字悲。況是相逢分散知，一家團聚我分離。

惆悵燈前喚奈何，屠蘇獨酌獨吟哦。遙知此夜思親處，不敵慈親念子多。

落梅

幾樹參差古木橋，梅花零落雨瀟瀟。東風也似人情薄，只遣多情向柳條。

何采壇卸校長任詩以送之

未應高隱老岩阿，猶有蒼生念佛多。一事令人低首值，豈無閑說到閻羅。

偶成

舊恨新愁感萬端，寄人籬下笑啼難。一燈若聽連宵雨，孤枕傳情午夜寒。怕觸親憂寧諱病，且排客恨強為歡。烽烟未息家何在，莫向人前說冷官。

無題

裙子銀泥衫越羅，泥人無味不言多。此生願逐柔鄉老，拚向粧台個眼波。

我本疏狂杜牧之，憐才何幸有蛾眉。多情却怪偏殊俗，不索纏頭只索詩。

自題小影

小謫塵寰廿四年，如甚安向幾推遷。頭顱未得將仇擲，面目還應我自憐。漫笑詩詞投俗拙，轉無花樣入時鮮。逃禪尚有慈親在，橫雨欺風一惆然。

中秋

秋滿樓頭月滿筵，無聊人對有情天。誰憐飽浦備書客，鎖頓江湖近十年。

秋閨

萬種離懷無可訴，深宵有夢化蝴蝶。箇郎情薄比西風，無賴秋聲無賴月。

秋夜病中

年年奔走逐風塵，轉恨聰明誤此身。愁果能消拚病酒，命原如此敢憂貧。亂離漫學長生訣，未死猶多不了因。飄泊況逢秋又到，無聊空憶故鄉蒓。

不堪重自數年華，踪迹誰憐似落花。千里別離空憶雁，一燈無賴亂塗鴉。山於秋到容先瘦，客裏寒增病欲加。惆悵高堂慈母在，倚閭應自望天涯。

瘦骨難禁料峭寒，客中誰肯問平安。病多藥味都忘苦，愁絶詩詞總帶酸。彈鋏空悲知己少，傭書孰念故人難。何時遂却平生願，歲月消磨托一竿。

天涯不盡故鄉情，髮爲愁多白數莖（余髮忽白數莖）。松老風來疑有雨，葉疏月出恰穿櫺。戕同尚有張宏範，憂國曾無漢賈生。偏是惱人眠不得，遠村無賴擣衣聲。

雨夜

讀書常中廢，懶自比人多。值此連宵雨，而無一客過。濁醪堪滌恨，寶劍試横磨。醉後詩情壯，遣懷一嘯歌。

悲遣

久歷風塵世味諳，人生如夢一優曇。豈真富貴都安樂，未必貧窮定不堪。椿樹飄零空入夢，禪機悟澈静中參。夜來稍解傷心處，一卷詩詞味劍南。

醉時多夢醒時愁，慘慘陰霾黯九州。有願男兒誰報國，果然豎子易封侯。政綱組織非驢馬，黨派紛紜别李牛。獨有韓江嗚咽水，凄凉似囑早歸休。

閨情

花殘一春終，花落愁何極。春去有歸時，郎回無消息。

秋夜病中

年年奔走風塵，轉恨聰明誤此身。愁果能消擕病酒，命原如此敢憂貧。亂離漫學長生訣，未死猶多不了因。飄泊況逢秋又到，無聊空憶故鄉蒓。

不堪重自數年華，蹤跡誰憐似落花。千里別離空憶雁，一燈無賴亂啼鴉。山於秋到容先瘦，客裏寒增病欲加。惆悵高堂慈母在，倚閭應自望天涯。

瘦骨難禁料峭寒，客中誰肯問平安。病多藥味都忘苦，愁絕詩詞總帶酸。彈鋏空悲知己少，傭書孰念故人難。何時遂却平生願，歲月消磨耗一竿。

天涯不盡故鄉情，髮為愁多白數莖（余髮多白數莖）。松老風來疑有雨，葉疎月出恰穿櫺。我同尚有張宏範，憂國曾無漢賈生。偏是惱人眠不得，遠村無賴擣衣聲。

雨夜

讀書常中廢，蘭自比人多。值此連宵雨，而無一客過。獨醪堪滌恨，寶劍試橫磨。醉後詩情壯，遣懷一嘯歌。

悲遣

久歷風塵世味諳，人生如夢一優曇。豈真富貴都安樂，未必貧窮定不堪。椿樹飄零空入夢，禪機悟徹靜中參。夜來稍解傷心處，一卷詩詞味劍南。

醉時多夢醒時愁，慘慘陰霾黯九州。有願男兒誰報國，果然豎子易封侯。政綱組織非驪馬，黨派紛紜別李牛。獨有韓江嗚咽水，凄涼似囑早歸休。

閨情

花殘一春終，花落愁何極。春去有歸時，郎回無消息。

憶得

憶得

十年湖海鄺生狂，椿樹空懷萬恨長。憶得兒時嚴訓在，而今誰與管行藏。

早起將昔年詩句抄寫後硯有剩墨復題一首

早起當窗坐，濛濛尚雨時。細尋夢中句，還抄昔年詩。敢謂堪傳後，聊當自寫悲。生涯已如此，莽莽復何爲。

贈顔君澤民

且拋愁恨强爲歡，萍水相逢幸識韓。末座可容稱小友，離家應悔戀微官。蠶叢世路憂時切，變幻人情就俗難。一事風流君識否，宵宵把酒話春寒。

清明（三月初三日）

緑暗紅稀不勝悲，清明況復春去時。可堪十載飄零客，夢逐鄉關夜夜飛。故園消息近何如，千里艱難一紙書。此日慈幃應念我，夜闌燈燼五更餘。

閨思

去年花裏同携手，紅窗韻事君知否。白戰笑籠蝴蝶袖，聯吟共泛鵝黄酒。而今人已隔天涯，消息沉沉總不知。剩有雕梁雙燕子，依依猶傍綉簾飛。

雨晴晚步（時汕頭亂事初定）

偶興尋詩去，行行度野橋。潮飢狂嚙石，樹老欲凌霄。草脚蛙聲亂，雲中雁影遥。昔年攀折柳，已長舊枝條。

苦雨已十日，今宵始放晴。鳥雖鳴得意，路尚覺難行。蔓草沿溪長，蟾光映水清。風雲西北急，何日咏昇平。

緩步歸來晚，興餘一倚欄。忽驚衣袖冷，始覺漏聲殘。衣食銷豪氣，雲霄鎩羽翰。前途翹首處，撫枕一悲酸。

十年湖海醉生狂，椿樹空懷萬恨長。憶得兒時嚴訓在，而今誰與管行藏。

早起~~四~~憶昔年詩句抄寫後視有剩墨復題一首

早起當窗坐，瀟瀟雨雨時。細尋夢中句，還抄昔年詩。敢謂堪傳後，聊當自寫悲。生涯已如此，荏苒復何為。

贈顏君澤民

且拋愁恨強為歡，萍水相逢幸識韓。未應可容稱小友，離家應悔~~為~~戀微官。蠶叢世路憂時切，變幻人情識若難。一事風流君識否，宵宵把酒話春寒。

清明　有和者

綠暗紅稀不勝悲，清明況復春去時。可堪十載飄零客，夢迴鄉關夜夜飛。故園消息近何如，千里艱難一紙書。此日慈幃應念我，夜闌燈燼五更餘。

閨思

去年花裏同攜手，紅窗韻事君知否。白戰笑籠蝴蝶袖，聯吟共泛鵝黃酒。而今人已隔天涯，消息沉沉總不知。剩有雕梁雙燕子，依依猶傍繡簾飛。

雨晴晚步　時汕頭亂事初定

偶與尋詩去，行行度野橋。潮飢狂嚙石，樹老欲凌霄。草腳蛙聲亂，雲中雁影遙。昔年攀折柳，已長舊枝條。

苦雨已十日，今宵始放晴。鳥雖鳴得意，路尚覺難行。蔓草沿溪長，蟾光映水清。風雲西北急，何日詠昇平。

緩步歸來晚，興餘一倚欄。忽驚衣袖冷，始覺漏聲殘。旅食銷豪氣，雲霄鍛羽翰。前途翹首處，撫枕一悲酸。

澄海道中

海闊粘天遠，潮生覺岸低。野雲多在樹，峭壁恰分溪。折折山頻换，行行路欲迷。何人吹鐵笛，韵挾晚風凄。

徑古多荆棘，亭幽絶俗氛。亂山吞落日，孤雁剪寒雲。極目人家小，沿溪釣艇分。可憐兵戰後，纍纍盡新墳。

余髮忽白數莖讀隨園先生詩有鬢邊初見一痕絲之句感而有作

鬢邊初見一痕絲，已去韶華不可追。未得姓名隨古後，難裁花様與時宜。蕭條客况愁方覺，變幻人情久始知。休道此詩多信筆，他年莫使嘆珠遺。

立秋雨夜

新凉生枕簟，孤館夜漫漫。風挾雨聲壯，夢回燈影寒。貧交翻覆易，作客笑啼難。何日歸鞭着，得承菽水歡。

病態

病態逢秋減，蟲聲入夜多。倚欄頻看劍，同室漫操戈。天下皆名利，吾道其坎軻。故園消息斷，籬菊近如何。

亂世

亂世悲游子，天涯憶弟兄。各爲衣食累，遂爾别離輕。淅淅芭蕉雨，凄凄鼓角聲。夜來縱有夢，荆棘路難行。

中秋

不解歡娱但解顰，鸞飄鳳泊可憐身。年年恨爾中秋月，慣是團圓向别人。

澄海道中

海濶粘天遠，潮生覺岸低。野雲多在樹，峭壁恰分溪。折折山頻換，行行路欲迷。何人吹鐵笛，韻挾晚風淒。

徑古多荆棘，亭幽絕俗氛。亂山吞落日，旅雁剪寒雲。極目人家少，沿溪釣艇分。可憐兵戰後，壘壘盡新墳。

余髮忽白數莖，讀隨園先生詩有鬢邊初見一痕絲之句，感而有作

鬢邊初見一痕絲，已去韶華不可追。未得姓名隨去後，難栽花樹與時宜。蕭條客況愁方覺，變幻人情久始知。休道此詩多信筆，他年莫使嘆珠遺。

立秋雨夜

新涼生枕簟，孤館夜漫漫。風挾雨聲壯，夢回燈影寒。貧多翻覆易，作客笑啼難。何日歸鞭著，得承菽水歡。

病態

病態逢秋減，蟲聲入夜多。倚欄頻看劍，同室漫操戈。天下皆名利，吾道其坎軻。故園消息斷，離鄉近如何。

亂世

亂世悲遊子，天涯憶弟兄。各爭衣食累，莫遣使〔尔〕別離輕。淅淅芭蕉雨，凄凄鼓角聲。夜來縱有夢，荆棘路難行。

中秋

不解歡娛但解愁，鸞飄鳳泊可憐身。年年恨爾中秋月，慣是團圓向別人。

丙辰重陽後三日潮安陳參軍芷雲招游龍泉岩拈韵得畢字（龍泉岩爲翁東崖讀書處有曝臺臺中有書印痕）

我到龍泉游，重陽後三日。雙槳破寒烟，一帆飛鳥疾。主人陳無已，愛客亦豪逸。握手笑相迎，乍見如膠漆。咄嗟羅樽俎，恭敬陳棗栗。鄉味隔已久，大嚼寧能尼。須臾聯袂游，攀崖石底出。局步凌烟靄，尋幽還攝郅。山危石恐墜，徑仄足防失。人語山鬼應，松老遮寺密。刻蘚讀殘碑，字滅半不悉。凄涼曝書臺，風雨空瀟瑟。斯岩亦何幸，得賢而名溢。告歸述此篇，愧無生花筆。景亦有時盡，悠悠情未畢。

懷潘夫子展鵬

蕭蕭落葉催刀尺，游子天涯憐浪迹。風塵泊泊近十年，舊羅衣剩泪痕碧。憶昔髫齡棄詩書，傷春傷別竟何如。濠鏡偶留鴻爪迹，可憐千里又驅車。千里驅車出嶺表，迢迢鄉道故人少。不逢陸海逢潘江，灑落襟期殊矯矯。論文論詩皆吾師，范縝芒屩獨何辭。話談夜雨三更後，消受春風兩載時。兩載依依隨杖履，何期一別勞思慕。紅豆緘愁寄與君，至今怕讀文通賦。

題朱君晋綱畫帳眉

前傍層峰後水崖，兩三瓦屋淡烟遮。此中合有詩人住，幾樹蒼松雜野花。

落葉

簾捲西風怨落暉，繁華如夢是耶非。已拚此後如蓬逐，誰記當年托蔭依。寂寞枝條呈骨瘦，亂堆岩壑染霜肥。可憐客裏凄涼月，無復人來夜款扉。

寒風颯颯雨瀟瀟，又逐閑雲度板橋。飄泊憑誰書恨字，多情留月伴無聊。辭枝未必甘搖落，無力終難上漢霄。知否有人共憔悴，天涯空度可憐宵。

丙辰重陽後二日潮安陳參軍芷雲招遊龍泉岩拈韻得畢字（龍泉岩爲翁東崖讀書處有曝書臺中有印痕）

我到龍泉遊，重陽後二日。雙槳破寒烟，一帆飛鳥疾。主人陳無己，愛客亦豪逸。握手笑相迎，乍見如膠漆。嗟羅樽俎，薦蔬陳棗栗。鄉味隔已久，大嚼寧能已。須臾聯袂遊，攀崖石底出。蹋步凌烟霞，尋幽還攝屐。山危石磴，徑仄足防失。人語山鬼應，松老迹奇密。剔蘚讀殘碑，尊字缺半不。遠浦曝書臺，風雨空蕭瑟。斯岩亦何幸，得賢而名溢。晉歸述此篇，愧無生花筆。景亦有時盡，悠悠情未畢。

懷潘夫子展鵬

蕭蕭落葉催刀尺，遊子天涯悵浪跡。風塵汩汩近十年，舊羅衣剩酒痕碧。憶昔髫齡棄詩書，傷春傷別竟何如。懷鏡偶留鴻爪迹，可憐千里又驅車。千里驅車出嶺表，迢迢鄉道故人少。不逢陸海逢潘江，灑落襟期殊矯矯。論文論詩皆吾師，范鎮芒鞵何解懶。話談夜雨三更後，消受春風兩載時。兩載依依隨杖履，何期一別勞思慕。紅豆織愁寄與君，至今怕讀文通賦。

題朱君晉綱帳眉

前傍層峯後水崖，兩三瓦屋淡烟遮。此中合有詩人住，錯樹蒼松雜野花。

落葉

簾捲西風落葉暉，繁華如夢是耶非。已拚此後如蓬逐，誰記當年托蔭依。寂寞枝條呈骨瘦，亂堆岩壑染霜肥。不堪窮處淒涼甚，無復人來夜款扉。

塞風颯颯雨蕭蕭，又逐閒雲度板橋。飄泊還誰專恨字，多情留月伴寒宵。聊辭枝未必甘拋棄，無力終難上漢霄。卻否有人能憐頻顧，天涯空度不勝憐宵。

春柳（《公言報》徵詩）

二月春風試舞腰，如烟如縷羃溪橋。牽來別恨眉尖小，話到前程海角遥。顔色護持憑細葉，斜暉繫住倩長條。他年移植唐宫去，記取兒名是獨摇。

倚烟倚雨伴鞦韆，偷得東風舞袖翩。此日人争憐小小，他時誰解恨綿綿。獨垂青眼留羈客，儘擲黄金樂少年。寄語東皇須愛惜，莫教遺恨灞橋邊。

又

年年風雨换新枝，争把長條綰別離。未必功名關妾分，獨憐攀折笑郎痴。楚宫學舞年初長，洛里行吟月半窺。最是令人相憶處，纖腰裊裊葉如眉。

眉尖藏得幾多愁，萬縷千條古渡頭。話到性名慚陋質，聽來小字亦風流。慣縈別恨憐啼雨，怕觸相思獨倚樓。買得數叢歸去也，從今鄉愿老温柔。

偶檢舊簏得張君伯英客感詩愛其纏綿悱惻依韻和之

壯志消沉馬伏波，澆愁無酒奈愁何。名場漫逐心頭鹿，恨事難迴指上螺。千里飄零花濺泪，十年潦倒劍空磨。此生不作封侯想，嘗遍酸鹹世味多。

五日放晴十日陰，沉沉簾幕漏沉沉。戀花粉蝶過墻角，帶墨蒼蠅出硯心。憂莫能埋惟慟哭，時偏易感付哀吟。前途莽莽更回首，悟得禪機避遠林。

歸家後作（寄社友陳菊衣）

横雨蠻風黯黯天，迢迢鄉路夢魂牽。歸來一事君應羡，矍鑠高堂似昔年。

雨聲滴滴漏沉沉，話到兒時笑語深。一種離懷無可説，且將閑事入謳吟。

鄉居

鄉居歲月等閑過，負手徘徊一嘯歌。世味不如禪味永，新愁差比舊愁多。飛殘柳絮春將盡，閑寫《來禽》墨細磨。几净窗明足幽事，前途回首有風波。

春柳　七言拈韻詩

有春風試舞腰。如烟如縷罩溪橋。牽來別恨眉尖小。話到前程海角遙。顏色護持憑細葉。斜暉繫住倩長條。比年移植唐宮去。記取兒家是獨搖。

侍烟侍雨伴鞦韆。偷得東風舞袖翻。曾入人爭憐小小。他時誰解恨綿綿。獨垂青眼留羈客。儘擲黃金樂少年。寄語東皇須愛惜。莫教遺恨灞橋邊。

又

年年風雨換新枝。爭把長條綰別離。未必功名關遠分。獨憐攀折笑郎癡。楚宮學舞年初長。洛里行吟月半窺。最是令人相憶處。纖腰裊裊葉如眉。

眉尖藏得幾多愁。萬縷千條古渡頭。話到姓名愁酒賤。聽來小字亦風流。慣縈別恨憐啼雨。怕觸相思獨倚樓。贏得數叢歸去也。從今鄉願老溫柔。

偶拾舊篋得張君伯英客感詩愛其纏綿悱惻依韻和之

壯志消沉馬伏波。澆愁無酒奈愁何。名場漫道心頭處。恨事難迴指上螺。千里飄零花濺淚。十年潦倒劍空磨。此生不作封侯想。雲過酸鹹去味多。

五日放晴十日陰。沉沉簾幙漏沉沉。戀花粉蝶過牆角。帶墨蒼蠅出硯心。憂莫能埋惟慟哭。時偏易感付哀吟。前途莽莽更回首。悟得禪機避遠林。

歸家後作寄南社友凍菊衣

橫雨寒風點點天。迢迢鄉路夢魂牽。歸來一事君應羨。雙鏁高堂似昔年。

雨聲滴滴漏沉沉。話到兒時笑語深。一種離懷無可說。且將閑事入謳吟。

鄉居

鄉居歲月等閑過。負手徘徊一嘯歌。世味不如禪味永。新愁差比舊愁多。飛殘柳絮春將盡。閑寫來禽墨細磨。几淨窗明足幽趣。前途回首有風波。

感懷

笑啼都懶况逢迎，樽酒何妨寄此生。久識達時因兀傲，終難忍耻就功名。青山燈火懷鄉夢，白社江湖繫客情。爲問信陵今在否，夷門重過涕縱横。

贈沈藹若（有序）

沈郎工詩，精篆刻。前官三水法院，與區子朗若共事。區子曾以印譜贈之，並媵以詩，謂之嫁印譜，一時和作如林，傳爲佳話。余偶於潘子展鵬處得讀諸作，尤以沈郎作爲首屈一指，由是記其名，已四年矣。今歲余返里，道經香海，走謁菊老，偶及沈郎事，方知所謂沈郎者，即藹若也，與菊最善。返汕後，接菊老書，附與沈郎等在港愉園餞春諸作，並索和章。余第四首有『沈郎風度最多情，肄水曾聞桃葉迎。識得鮀江盧子否？相思時作斷腸聲』之句，屬菊老轉寄。近得覆札，暨沈郎和作，知不日來汕，因喜極，成長句一首，想相見時必鼓掌大笑也。

盧郎痴絶沈郎才，握手應知笑口開。香海聯吟無夢去，韓潮有信送詩來。不嫌姓字人間識，莫恨邊笳客裏催。他日相逢君識否，商量何物謝詩媒。

寄内

望斷江頭雙鯉魚，迢迢不寄一封書。蹉跎又到新凉了，莫倚欄干着病軀。

臨别叮嚀戒酒狂，更删綺語戒文章。年來故態難除處，事事撩人總斷腸。

雨餘枕畔惱蛙聲，數盡三更復五更。不怪懷人心緒亂，怪他括耳夢難成。

雜感

風雲變幻黯關河，誰抱孤忠易水歌。未必人心真戀舊，由來國事誤調和。羊亡應恨牢遲補，鴒小何堪矢集多。買得一樽聊自醉，疏狂那管笑何何。

感懷

笑啼都懶況逢迎，樽酒何妨寄此生。久識違時因兀傲，終難忍恥說功名。青山燈火懷鄉夢，白社江湖繫客情。為問信陵今在否，夷門重過淚縱橫。

贈沈蘭若 有序

沈郎工詩，精篆刻，前官三水時，與逸子朋若共事，逸子曾以印譜贈之，並賸以詩，謂之嫁印譜。一時和作如林，傳為佳話。余偶於儲子展鵬處得讀諸作，知以沈郎作為首屈一指，由是記其名，已四年矣。今歲余宦遊香海，走謁菊老，偶友沈郎來，方知所謂沈郎者，即蘭若也。與菊晨最善。返山後，接菊老書，附與沈郎等在港愉園餞春諸作，並索和章。余第四首有沈郎風度最多情，肄業曾聞桃葉迎，識得鮑江盧子否，相思時作斷腸聲之句，屬菊老轉寄。近得覆札，暨沈郎和作，都不日來山，因喜極，成長句一首，想相見時必撫掌大笑也。

盧郎癡絕沈郎才，握手應知笑口開。香海聯吟無夢到，韓潮有信送詩來。不嫌姓字人間識，莫恨邊笳客裏催。他日相逢君識否，商量何物謝詩媒。

寄內

望斷江頭雙鯉魚，近來石寄一封書。蹉跎又到新涼了，莫倚欄干著病軀。

臨別叮嚀戒酒狂，更刪綺語戒文章。年來故態難除盡，事事撩人總斷腸。

雨餘枕畔惱蛙聲，數盡三更復五更。不怪懷人心緒亂，怪他聒耳夢難成。

雜感

風雲變幻黯關河，誰抱孤忠易水歌。未必人心真戀舊，由來國事誤調和。羊亡應恨牢遲補，鵲小何堪失巢多。買得一樽聊自醉，疏狂那管笑你何。

峻嶒傲骨與時違，息影還應静掩扉。斯世已無乾净土，此身忍陷競争圍。故園迢遞空勞夢，客路飄零孰解衣。話到寸心堪自信，敢留穢垢辱慈幃。

亂世天涯憶弟兄，别離豈盡爲功名。依違尚入兒時夢，寂寞愁聞客裏筝。儘有雄心凌碧漢，更無熱泪哭蒼生。勞勞踪迹何時定，孤負寒鷗責舊盟。

半月襟裯嘆别離，别離多少恨誰知。話來珍重空餘泪，道得相思只在詩。倚檻可憐花落後，捲簾又見月來時。肚皮自笑真達世，飄泊年年負所期。

贈馮印月

平生交游中，最愛馮氏子。胸懷既蕭爽，志氣尤瑰異。學古傾群言，論詩發長喟。世人習雕蟲，便自矜奇技。牙慧工扯尋，刻畫詡裁製。一臠笑淺嘗，那識鹹酸味。亦有本無才，妄逐名賢隊。睢焕未交談，淄澠托深契。一語偶奬飾，出入耀朋輩。公幹未升堂，勞勞亦何爲。世風悲不古，對此良歔欷。髒骯人間世，感慨學禪避。學禪亦大好，猶多未了事。不如且對酒，長歌時醒醉。醉時不知愁，醒復以爲例。在君或可能，而我何敢冀。十年走湖海，飢驅非得已。禄薄僅自贍，責重仍不細。笑啼事總難，骨傲寧工媚。今年掛冠歸，老婦笑相慰。道是宦途險，履危須防蹶。閱世尚未深，小挫大戒耳。相期守茅屋，何必逐名利。毋言豈不佳，坐食何容易。家無負郭田，此志焉得遂。覥覥作馮婦，凄凉衰親泪。臨别重徘徊，妻子牽衣袂。哽咽問歸期，往事從頭記。新婚未半月，一别憐兩地。迢迢鄉路隔，可有雙魚寄。戒詩復戒酒，叮嚀至三四。謂詩足撩愁，酒亦傷腸胃。丈夫志四方，豈爲兒女累。人生孰無情，我獨何堪此。出門悲惘惘，客路秋風裏。到此亦何戀，潦倒爲末吏。小窗得餘閑，焚香讀書史。我方悲寂寞，君乃竟不棄。投刺時過存，疑難相互質。良朋不可得，所交在道義。君才本如海，筆挾風霜氣。假令得風雲，應知騰萬里。爲何多抑塞，鬱鬱空憔悴。君屢索我詩，及此已過二。拉雜書奉君，辭長未達意。愧無子建才，只可覆瓿視。

崚嶒傲骨與時違，息影還應靜掩扉。斯世已無乾淨土，此身忍隘競爭圍。故園迢遞空勞夢，客路飄零孰解衣。話到寸心堪自信，敢留纖垢辱簪幃。

亂世天涯憶弟兄，別離豈盡為功名。依違尚入兒時夢，寂寞愁聞客裏箏。儘有雄心凌碧漢，更無熱淚哭蒼生。勞勞蹤跡何時定，孤負寒鷗責舊盟。

半月襟裯嘆別離，別離多少恨誰知。談來珍重空餘淚，道得相思只在詩。倚檻可憐花落後，捲簾又見月來時。肚皮自笑真違世，飄泊年年負所期。

贈鴻印月

平生交遊中，最愛鴻印知。胸懷既蕭爽，志氣尤瓌異。學古傾羣言，論詩黃長唱。世人習雕蟲，便自矜奇技。牙慧工撏撦，刻畫調裁製。一竊笑盜富，那識鹹酸味。亦有本無和，妄逐名賢隊。雖然未交談，淵源托深契。一語偶獎飾，出入耀朋輩。從幹未升堂，勞勞亦何為。無風悲不古，對此良歡欷。醉醺亂人間世，感慨學禪逃。學禪無大好，猶多未了事。不如且對酒，長歌時醒醉。醉時不知愁，醒復以為例。在君或可能，而我何敢冀。十年走湖海，飢驅非得已。祿薄僅自贍，責重仍不佩。笑啼事總難，骨傲寧工媚。今年掛冠歸，老婦笑相慰。道是宦途險，復危須防躓。閱世尚未深，小挫大戒耳。相期以尊守茅屋，何必逐名利。毋言豈不佳，坐食何容易。家無負郭田，此志焉得遂。靦覥作馮婦，淒涼衰親淚。臨別重徘徊，妻子牽衣袂。哽咽問歸期，往事從頭記。新婚未半月，一別情兩地。迢迢鄉路隔，可有雙魚寄。戒詩復戒酒，可憐年三四。謂詩足撩愁，酒亦傷腸胃。丈夫志四方，豈效兒女累。人生孰無情，我獨何堪此。出門悲惆悵，客路秋風裏。到此亦何戀，潦倒為末吏。小窗得餘閒，焚香讀書史。我方悲寂寞，君乃竟不棄。投刺時過存，疑難相互質。良朋不可得，所愛在道義。君才李如海，筆挾風霜氣。假令得風雲，應欲騰萬里。為何多抑塞，鬱鬱空憔顇。君屢索我詩，及此已逾二。拉雜書寄君，辭長未達意。愧無子建才，只可覆瓿視。

步非烟

擁髻燈前話夙因，傷春傷别泪痕新。拚將一死酬知己，留得千秋嘆可人。

感懷

回頭世事雜悲歡，淪落江湖鎩羽翰。蠻觸紛紜誰悔禍，鷸蚌得失笑偏安。投時術乏謀生拙，羈旅愁多入夢難。十月裝綿霜漸緊，有誰人問客邊寒。

又

天涯王粲尚依劉，如此飄零合去休。極目烽烟猶遍野，側身天地怯登樓。爛羊事業人争羨，屠狗功名我却羞。世局關懷堪動哭，愁來何處可埋愁。

羊城喜晤鄒寄盦

六年作客鮀江道，今日歸來剩一身（余官法頭法院，因亂行李盡爲軍人掠去）。寒雨瀟瀟燈影畔，不堪相對話風塵。

亂離到處奈兵何，回首前塵涕泪多。若個男兒真報國，可憐同室竟操戈。

同是天涯感淪落，憑將舊恨付壺觴。書生潦倒尋常事，莫向樽前説斷腸。

紀事（時客鮀江）

影事傳風鶴，凄凉説避兵。逃秦無净土，扶漢惜殘枰。韓水血流碧，江潮夜有聲。蒼茫感何限，收汝泪縱横。

狼烽生海國，劫奪到窮儒。野鼠憑城遍，鴟鴞入室呼。俱焚嘆玉石，殘戮甚萑苻。多少無家者，凄凄泣路隅。

六年憐薄宦，依舊一身歸。寒雨醒殘夢，微風颺酒旗。奇窮哀白仲，小隱羡王維。暫息塵肩去，世間無是非。

步非烟

擁髻燈前話夙因，傷春傷別淚痕新。擲將一死酬知己，留得千秋嘆可人。

感懷

回頭無事雜悲歡，淪落江湖鎩羽翰。蠻觸紛紜誰悔禍，雞蟲得失笑偏安。投時術乏謀生拙，羈旅愁多入夢難。十月裝綿霜漸緊，有誰人問客邊寒。

又

天涯王粲尚依劉，如此飄零合去休。極目烽烟猶遍野，側身天地怯登樓。爛羊事業人爭羨，屠狗功名我卻羞。無局關懷堪慟哭，愁來何處可埋愁。

羊城喜晤鄧寄盦

六年作客館江邊，今日歸來剩一身。余官汕頭，出院因亂，行李盡為軍人掠去。寒雨瀟瀟燈影暗，不堪相對話風塵。

亂離到處奈兵何，回首前塵涕淚多。若個男兒真報國，可憐同室竟操戈。

同是天涯感淪落，憑將舊恨付壺觴。書生潦倒尋常事，莫向樽前說斷腸。

紀事 時客館江

影事傳風鶴，連宵說避兵。匹夫無淨土，扶漢惜殘枰。韓水血流碧，江潮夜有聲。蒼茫感何限，收汝淚縱橫。

狼烽生海國，劫奪到窮儒。野鼠憑城遍，鴟鴞入室呼。俱焚嗟玉石，殘戮甚萑苻。多少無家者，棲棲泣路隅。

六年憐薄宦，依舊一身歸。寒雨醒殘夢，微風颺酒旗。吾窮哀白仲，小隱羨王維。暫息塵肩去，世間無是非。

又別鄉關去，家貧奈客何。艱難銷壯志，感慨亦悲歌。寡欲惟知足，隨緣任折磨。人生本輕葉，豈敢怨蹉跎。

哭潘夫子展鵬

傳來噩耗泪縱橫，寂寂寒楓夜月明。問字記曾爲弟子，袪衣誰不哭先生。豈知小別成長訣，獨恨微官誤此行。太息濂溪今已矣，不堪重聽杜鵑聲。

崚嶒傲骨與時違，飄泊年年未得歸。有願向平猶未了，傷心衛婦竟無依。楚些歌處蒼生恨，萬里魂埋白髮悲。知否瀟瀟風雨夜，縱能成夢總淒其。

十載天涯誤一官，誰憐任昉衣兒寒。論交子慎當年易，見面鍾繇此日難。剩有殘編容我續，空餘涕泪爲君彈。倘知白髮猶閭倚，千里魂應夜夜還。

慘慘陰霾掩夕曛，我來憑吊哭斯文。天涯方接平安報，小病遽教生死分。每檢遺書思賈誼，獨留餘恨惜終軍。看花門酒成陳迹，鄰笛淒涼不忍聞。

即事

落花天氣雨如絲，握手叮嚀約後期。珍重一聲歸去也，難拋兩字是相思。

閑情

檻外桃花帶雨開，柳眉青上畫窗來。齋中樂事君知否，檢點閑情付酒杯。

歲暮懷陳菊衣並詢沈郎髯老消息

沈郎消息久疏歇，髯老詩懷近若何。倘寄雙魚煩説似，比來瘦減爲君多。

鼕鼕臘鼓催年急，瑟瑟寒風透碧紗。離恨滿懷誰可訴，一窗涼月與梅花。

獨酌

獨酌惟堪月可招，狂歌那管醉無聊。歸來一事添詩料，夢斬樓蘭戰馬驕。

又別卿卿去。家貧奈客何。艱難銷壯志。感慨亦悲歌。窮約惟知足。隨緣任折磨。人生本輕萬。豈敢怨蹉跎。

哭濤夫子展鵬

傳來噩耗淚縱橫。寂寂寒楓夜月明。問字記當爲弟子。裁衣誰不哭先生。豈知小別成長訣。獨恨微官誤此行。太息濂溪今已矣。不堪重聽杜鵑聲。

崚嶒傲骨與時違。飄泊年年未得歸。有願向平猶未了。傷心衛婦竟無依。楚些歌罷蒼生恨。萬里魂埋白髮悲。知否蕭蕭風雨夜。縱能民夢總淒其。

十載天涯誤一官。誰憐任昉衣兒寒。論交子慎當年易。見面鍾繇此日難。剩有鄴編容我續。空餘脣淚爲君彈。偶知白髮猶聞侍。千里魂應夜夜還。

慘慘陰霾掩夕曛。我來憑弔哭斯文。天涯方接平安報。小病遽教生死分。每檢遺書思賈誼。獨留餘恨惜終軍。看花鬪酒成陳迹。鄰笛淒涼不忍聞。

即事

落花天氣雨如絲。握手叮嚀約後期。珍重一聲歸去也。難拋兩字是相思。

閑情

檻外桃花帶雨開。柳眉青上畫窗來。齋中樂事君知否。檢點閑情付酒杯。

歲暮懷陳菊衣並詢沈郎驊老消息

沈郎消息久疏蹤。驊老詩懷近若何。倘寄雙魚煩說似。比來瘦減爲君多。

鼕鼕臘鼓催年急。瑟瑟寒風透碧紗。離恨滿懷誰可訴。一窗涼月與梅花。

獨酌

獨酌惟堪月可招。狂歌那管醉無聊。歸來一事添詩料。夢斷樓蘭戰馬驕。

鄉居

十年憂患飽經過，乞得閒身住薜羅。一桁未嫌茅屋小，四圍消息竹風多。閑教稚子芟階草，醉與鄰翁話晚禾。讀《易》焚香吾事了，斷橋流水一狂歌。

肚皮笑未與時宜，收拾閑情入小詩。山重低疑雲氣壓，潮生靜見岸痕移。欲消煩渴烹茶荈，藉識鄉風譜竹枝（潮俗風土與廣州異。余宦潮時，每欲以其異事譜入竹枝，以脚靴手版，卒卒未果。鄉居多暇，擬就所記憶者，成竹枝詞百首）。萬里馳驅吾豈敢，書生潦倒曷爲奇。

松下閑來納晚凉，蟬聲咿啞荔枝香。緑楊樓檻人横笛，紅樹青山童牧羊。萬事不如行樂好，一生能得幾時光。且將樽酒消清興，知否詩懷醉更狂。

戊午除夕菊衣社兄以除夕詩索和並詢近狀連日風雨愁坐無聊賦此答之

風風雨雨奈何天，賣盡痴呆又一年。剩有窮愁猶似舊，此生有恨總綿綿。

閑遣

十載飄零此結廬，途窮幸少故人車。閑登小閣春聽雨，靜愛孤燈夜讀書。小飲不妨澆傀儡，逃名那復羡淵魚。鹿門潦倒文章賤，空有吟懷習未除。

鄉居

十年憂患飽經過。乞得閑身住薜蘿。一桁未嫌茅屋小。四圍消息竹風多。閑教稚子芟堦草。醉與鄰翁話晚禾。讀易焚香吾事了。斷橋流水一狂歌。

肚皮笑未與時宜。收拾閒情入小詩。山重依疑雲氣壓。潮生靜見岸痕移。欲消煩渴烹茶荈。藉識鄉風譜竹枝。（瀏佳風土而廣州異余寓嶺時每欲以其異者譜入竹枝以腳靴手版孳孳未果鄉居多暇擬就所記憶者成竹枝詞百首）萬里馳驅吾豈敢。書生潦倒易為奇。

松下閒來納晚涼。蟬聲咿啞荔枝香。綠楊樓檻人橫笛。紅樹青山童牧羊。萬事不如行樂好。一生能得幾時光。且將樽酒消清興。知否詩懷醉更狂。

戊午除夕前夜社兄以除夕詩索和並詢近狀連日風雨愁坐無聊賦此答之

風風雨雨奈何天。賣盡癡獃又一年。剩有窮愁猶似舊。此生有恨總綿綿。

閑遣

十載飄零此結廬。途窮幸少故人車。閑登小閣喜聽雨。靜愛孤燈夜讀書。小飲不妨澆傀儡。逃名那復羨淵魚。鹿門潦倒文章賤。空有吟懷唱未除。

謝晉

革命小識題辭　衡陽謝晉霍晉

革命事大矣、繁矣，何由論列，今掬忱於有衆曰，就晉之所知者而論列之。當清光緒中葉，中山孫先生以興中會起事廣東，屢遭失敗，亡命英倫。聞日本中國留學生有倡言革命者，毅然東來，組織同盟會。海外之有統一革命機關，實自此始。同盟會既成，以視其地、視其事、視其時，遣人歸國，提挈同志而革命。自乙丙以還，滇、粵、桂、湘、皖、贛各省時有暴舉，當時官吏悉目爲匪亂者，類多吾黨之表徵也。吾黨痛異族之專制，國家或即於淪胥，嘗不遑……

革命小識題辭

衡陽 謝晉霍晉

革命事大矣、繁矣、何由論列、今掬忱於有衆曰、就晉之所知者而論列之、當清光緒中葉、中山孫先生以興中會起事廣東、屢遭失敗、亡命英倫、聞日本中國留學生有倡言革命者、毅然東来組織同盟會、海外之有統一革命機關、實自此始、同盟會既成、以視其地、視其事、視其時、遣人歸國提挈同志而革命、自乙丙以還滇粵桂湘皖贛各省時有暴舉、當時官吏悉目為匪亂者、類多吾黨之表徵也、吾黨痛異族之專制、國家或即於淪胥、嘗不遑計其事之成敗，而爲孤注一擲；又不遑銜命領袖，遍告同儔，隨地隨時，一鼓其血氣之勇，以急赴湯蹈火之危，故陷某縣也，占某鎮也，戕滿官也，擊漢奸也，有不能舉其姓名者多矣。夫至不能舉其姓名，則其事迹之湮沒爲何如乎。片鱗隻爪，略述斯篇，顧爲有事陽秋者所不棄耶。至昔爲忠義，今爲悖逆，因其是非，而淆其黑白，則屬良心之事。若夫狃於私情，任意標榜，偷附名位，而僞造虛實，斯又廉耻所關，皆晉之所大懼也。民國十三年六月日，謝晉識於廣州。

衡陽 謝晉 霍晉

愚溪

一溪瀲灔猶能染，終古高情屬謫居。蹭蹬吾生亦來此，蕭條人事又何如。倚看斜日明雙影，微覺涼風侵短裾。老樹槎枒正堪異，誰家砧杵起愁余。

九日零陵宴朱總兵故宅

興亡異世渾難說，猿臂争存一故居。九日斯堂宜勝會，幾人見面不蕭疏。清秋鴨脚兼盤具，午日龍團七碗餘。好是江城少風雨，歲時萸菊任拈呼。

酬余鯤

經年劇亂更支離，晚市塵深駐故知。幾日飄檐任還往，一秋明月足歡悲。清樽照夜風初冷，薄袂揞顏髮欲欺。坐視江關鬱蕭瑟，共攜孤憤入吟頤。

贈麓僧邃盦

晴日清居意度遲，相從行處覓新知。幾年天地乘昏變，一代聲華趁鬢垂。令氣迎人初入夏，斯文歷劫最堪悲。江干寂寞無車馬，正是吟成漫與時。

歲暮廣州（民國八年）

棲皇歲暮又炎州，塵事經心任去留。誰念餘生癉筋力，莫憑據亂説春秋。離家萬里魂難定，照海群鐙影欲浮。遐域方知有吾道，烟沈雲黑使人愁。

南海中作

又從滄海放船來，人事支離倍可哀。昏表雄風飛暮雨，逼窗蒸汽吼奔雷。頻驚疊浪魚龍嘯，不見中天日月開。咫尺樓臺神變化，獨憑寥廓首重回。

過福州懷鄭海藏樓

甌閩海氣望中浮，鄭海藏樓氣獨幽。自有馨香文字業，非關遺世稻粱謀。清時碩詣推群彥，急劫殘棋剩故侯。過境未能尋杖履，予懷悒悒更何尤。

舟中望臺灣不見

大氣彌綸混海山，人間何處是臺灣。腐儒安用談夷夏，不見連城奉璧還。

夏不見連城奉璧還

温州海面懷林烈夫

海行三日都風雨纔近温州却放晴忽憶林郎在何處眼中清淚似潮生

夜宿吳淞口

五年前與吳淞別萬里來遊及暮時苦是羈魂驚海水青鐙同照鬢絲絲

過鎮江

寒氣瑟瑟濕成珠携得南還入歲初劫後關山益顦顇年來世事祇欷歔號天哀雁難爲繼鬬雪輕鷗頗

温州海面懷林烈夫

海行三日都風雨，纔近温州却放晴。忽憶林郎在何處，眼中清泪似潮生。

夜宿吴淞口

五年前與吴淞别，萬里來游及暮時。苦是羈魂驚海水，青鐙同照鬢絲絲。

過鎮江

寒氛瑟瑟濕成珠，携得南還入歲初。劫後關山益憔悴，年來世事祇欷歔。號天哀雁難爲繼，鬥雪輕鷗頗自如。一夕金焦纔過□，微開青眼看江湖。

自如一夕金焦纔過微開青眼看江湖

得洞庭書有湘五子聚散如是念之惘然語至

漢口以詩報之並告余癸丑後稿又被焚矣

朔氣初回鴻雁來征魂未定計歸催湖湘望斷三年

雨海嶽分攜五子懷故土兵戈猶阻絶扁舟江漢任

徘徊揚風扢雅非吾事累把千秋付刼灰

大沙頭遇雨 民國十二年

放閒何處好經行郭外沙頭隔水平燕意堪憐隨徑

沒蟬聲無奈向人鳴試從野老呼魚膾引看飛船阻

甲兵一霎愁霖飛霹靂堦除立避久難撑

得洞庭書有湘五子聚散如是念之惘然語至漢口以詩報之並告余癸丑後稿又被焚矣

朔氣初回鴻雁來，征魂未定計歸催。湖湘望斷三年雨，海嶽分攜五子懷。故土兵戈猶阻絶，扁舟江漢任徘徊。揚風扢雅非吾事，累把千秋付劫灰。

大沙頭遇雨（民國十二年）

放閒何處好經行，郭外沙頭隔水平。燕意堪憐隨徑沒，蟬聲無奈向人鳴。試從野老呼魚膾，引看飛船阻甲兵。一霎愁霖飛霹靂，階除立避久難撑。

酬醉六自其所居歸途作此

薄夜人歸趁雨微，九衢鐙火見流輝。即今陵谷滄桑日，又作東西南北飛。客裏生涯惟得友，閑時艱苦亦忘機。羈危更念蟲沙劫，積憤環天未解圍（癸亥仲夏居廣州，東西北三江同時告警）。

病中示廣州諸友兼念醉六星池上海

卧病岑樓又幾時，明窗獨對悄無辭。死生到此依同室，消息難真報故知。夢寐天涯應未隔，風塵鬢色欲相欺。藥爐已近世緣絶，閑共蕭然一榻支。

詶醉六自其所居歸途作此

薄夜人歸趁雨微九衢鐙火見流輝即今陵谷滄桑日又作東西南北飛客裡生涯惟得友閑時艱苦亦忘機羈危更念蟲沙刼積憤環天未解圍癸亥仲夏居廣州東西北三江同時告警

病中示廣州諸友兼念醉六星池上海

卧病岑樓又幾時明窓獨對悄無辭死生到此依同室消息難真報故知夢寐天涯應未隔風塵鬢色欲相欺藥鑪已近世緣絶閑共蕭然一榻支

病却起視樓外

病却起視樓外

紫瀾微動破輕寒，病起衣圍乍覺寬。物外忘形疑是幻，眼前着意竟無端。曉風初起頻窺鏡，孱骨難支一倚欄。行見玄冬來白雁，經年瘴海强爲安。

樓居

蜃氣成圜未肯消，樓居無賴任昏朝。四郊戰伐徒聞警，一市塵囂匪覺遥。麗日迎人還寂寞，羈愁入鬢已岧嶤。閒開病眼看鄰卉，緑意經冬不損驕。

冒雨從中山總理公祭黄花岡（十三年一月二十七日）

寒花散作雨中愁，斂泗成珠肯自流。逝者如斯儘堪弔，餘生有涘復煩憂。悲天蹈海尋常事，化鶴爲猿勝一籌（見總理西濠酒店宴次演説詞）。今日會同來百國（與祭者有亞歐美澳四洲人士），蒼茫塵裏看雲浮。

壽麓僧五十初度

積歲離痕壓鬢毛，相逢南徼各形勞。獨攜風誼向人照，不問炎涼與世遭。知命知非應有説，學書學劍定能豪。尊前又送流光去，憑數滄桑氣類高。

六榕寺

漂盡燔餘見此園，佛光花氣蕩彌温。傾城士女競紅緑，一代才華有輕軒（壁間牡丹詩以畏公「南海自饒春富貴，不須珍重洛陽花」一行爲佳）。危塔幾回撑碧漢，六榕何處覓精魂（坡老書「六榕」二字，樹已渺矣）。市林遺勝矜蝯叟（蝯叟書「城市山林」四字），苦費滇南眼底喧（題遍楹石者爲自署滇南某君）。

送醉六星池歸上海

故人揮手去，滄海放歸舟。踏浪初成雪，浮天已没鷗。風微幡不動，日落影長流。今夜任何處，魚龍應護愁。

去住（初擬同歸上海尋醉六星池去余留居廣州）

別思蒼然起，浮烟一望過。生涯吾與汝，去住看如何。祇爲艱難久，憑揮涕泪多。猶憐南北雁，還自倚雲羅。

廣州送林浴凡靈櫬運上海轉載歸湖南并引

民國六年七月初，自長沙馳赴衡陽，倡義者爲劉崑濤、林浴凡、李季雋、葉嵩巃、瞿惟臧、廖湘芸、羅勁夫、劉欽實及余，凡九人。崑濤戰没株洲，季雋、嵩巃、惟臧爲趙恒惕所害。

浴凡後充元帥府參軍長，某年月日以牙疾卒於廣州。政變迭經，今始謀歸櫬，傷逝懷人，其何能已耶。民國十三年二月識。

猶憶衡陽日，倉皇八九人。幾餘生死伴，惟見亂離頻。憂患終傷汝，英華遽委春。淒淒炎海泪，殘滴已成塵。

萬古斯人去，天涯一鬼還。永遺身後憾，愁看鏡中顔（載遺照以隨）。車轍應驚夢，滄波祇送棺。何由好風日，同照影相攀。

藥師尼庵

勝日了無事，微尋到藥師。城荒不知處，世外欲何之。禪意隨人悟，天花掩院滋。春風趁相入，應是閉關時。

雙門底

昔日雙門底，今居永漢間。胡爲成擾擾，都是去看看。樓上銀牌换，樽中玉茗殘（涎香樓）。異鄉鐙火夜，爲我照愁顔。

東山

晚行灣復灣，咫尺見東山。劫外猶如此，人間那可還。風吹花意倦，林隱鳥呼閑。好是迷津處，羈情欲放般。

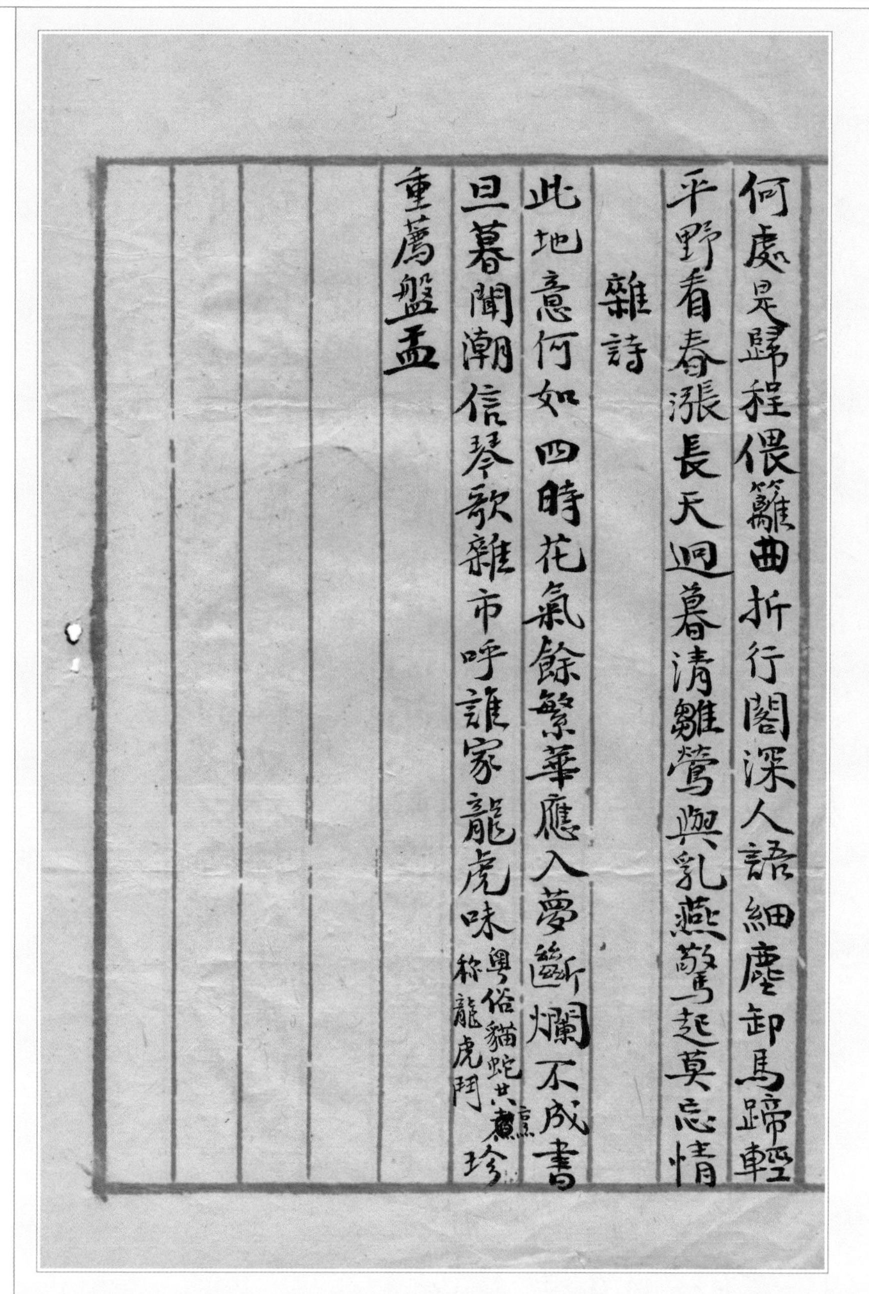

何處是歸程，偎籬曲折行。閣深人語細，塵卸馬蹄輕。平野看春漲，長天迴暮清。雛鶯與乳燕，驚起莫忘情。

雜詩

此地意何如，四時花氣餘。繁華應入夢，斷爛不成書。旦暮聞潮信，琴歌雜市呼。誰家龍虎味（粵俗猫蛇共烹稱龍虎鬥），珍重薦盤盂。

龐樹松

瑞龍吟　用清真韻題紅薇感舊圖記　虞山龐樹松獨笑

渌江路。還見蝶夢珠塵，鶯啼芳樹。可憐烽火甘泉，烏栖曲罷，驚心是處。　漫延佇。隱約夕陽門巷，棗花簾户。當時擁髻微吟，入門一笑，紅鵑共語。　絶似南都前事，媚香樓上，孤鸞慵舞。誰念酒邊，青衫飄泊如故。紅妝季布，商略花間句。拚消盡、如虹劍氣，歌塵閑步。只恐流光去。柳絲不綰，離杯怨緒。珍重歌金縷。重認取，江湖瀟瀟殘雨。一番艷劫，蕩成萍絮。

顧薰

一日秦張兩修禊，昔賢無此雅懷伸（謂閑閑山人先有成約）。姚平集宴招吟客，高適移舟過老人。好借留谿爲曲水，依然晉代共良辰。紅橋縱有流觴事，中曠王曾各百春（前輩漁洋、賓谷兩先生先後主持紅橋修禊）。

甲子上巳張谿修禊猥荷鳳石社友賜宴，賦此作謝即正。不園遯叜稿。（『臣薰』）

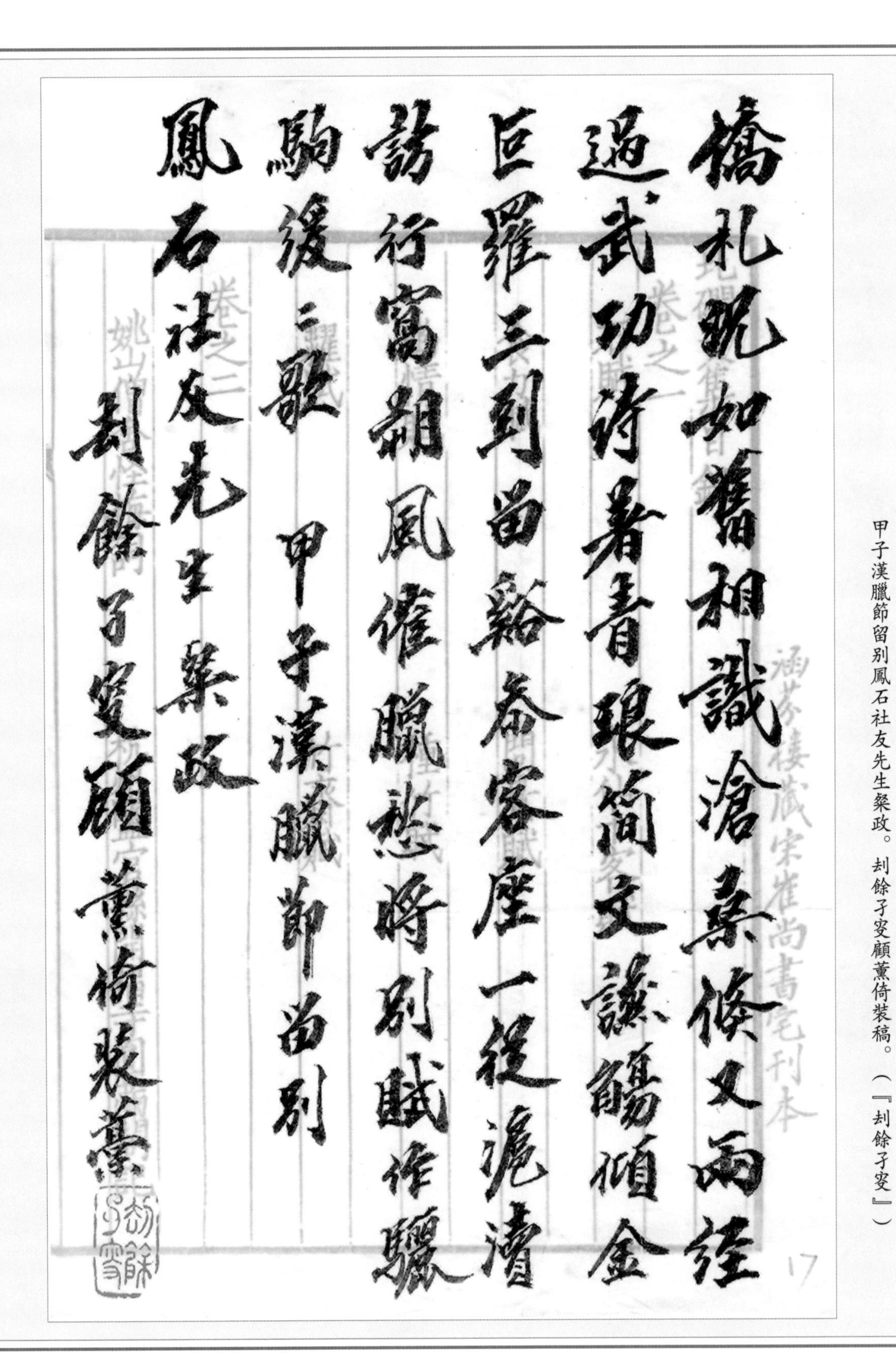

僑札況如舊相識，滄桑倏又兩經過。武功詩着青琅簡，文宴觴傾金叵羅。三到留谿参客座，一從滬瀆訪行窩。朔風催臘愁將別，賦作驪駒緩緩歌。

甲子漢臘節留別鳳石社友先生粲政。刦餘子叜顧薰倚裝稿。（『刦餘子叜』）

顧无咎

五月四日酒後感懷寄南社諸子

舉目神州風景變，荷衣憔悴泪乾無。怨横長笛狂磨劍，飢嚼梅華寒宿蘆。酒膽蒼凉吞日月，詩魂浩蕩落江湖。沐猴腐鼠紛紛敗，帝制終教屬酒徒（余别署神州酒帝）。

古愁莽莽不可説（借龔），獨向尊前一喟然。生願尋山效康樂，死拚捉月繼青蓮。夢中歲月垂垂老，醉後情懷故故顛。遥羡申江良宴會，酒龍詩虎幾高賢（是日南社雅亼海上）。

石子社兄來書約今歲中秋同游武林觀錢塘江潮并惠其先輩二先生詩亼及其先祖妣賢母事述各一册謹賦以答

文窗窈窕夕陽紅，手浣薔薇露幾通。讀罷一編賢母傳，心香默默仰高風。

梅雨聲中景物新，烟波深處憶詩人。一編名著勞緘贈，什襲欣同拱璧珍。

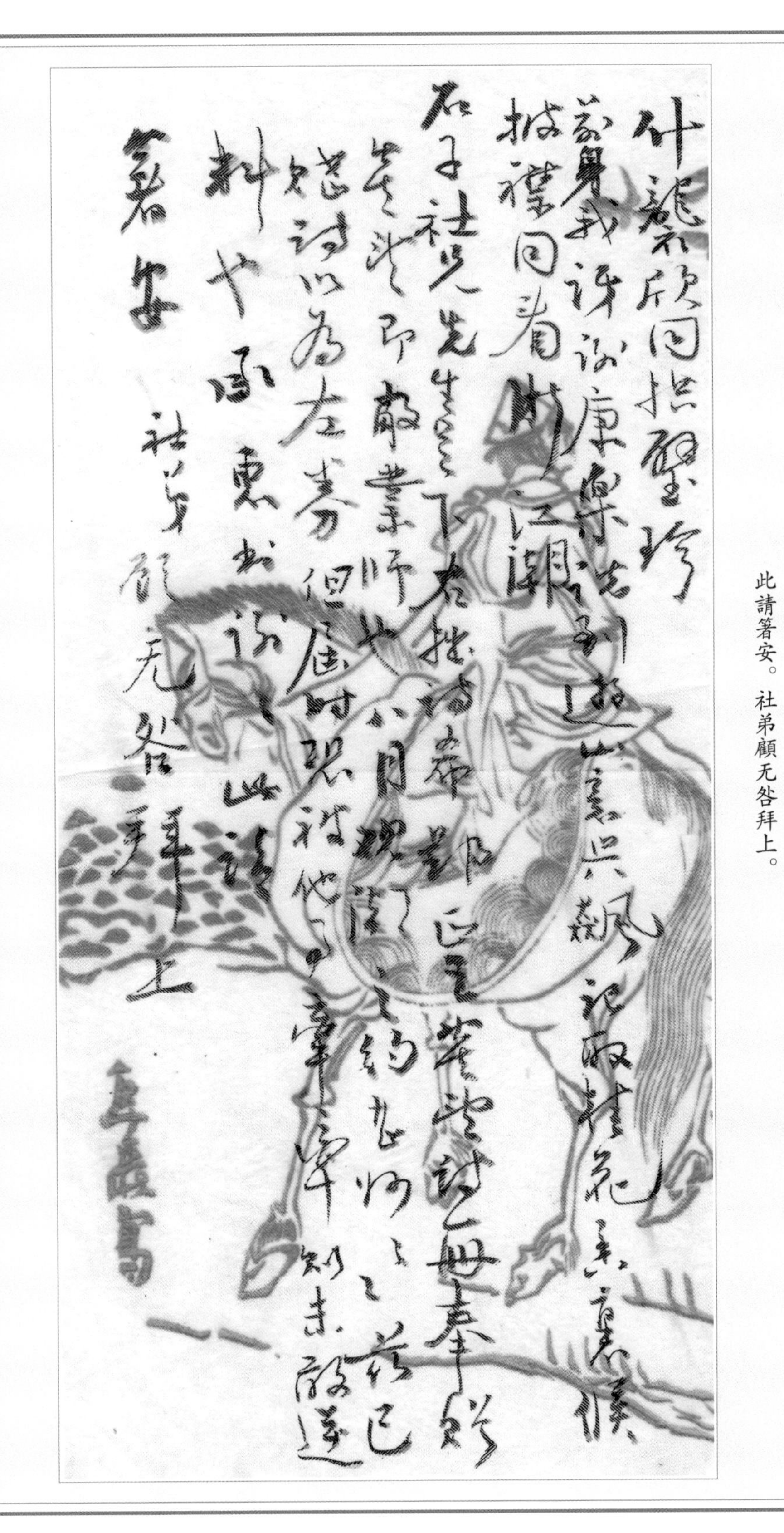

前身我訝謝康樂，說到游山意興飆。記取桂花香裏候，披襟同看浙江潮。

石子社兄先生足下：右拙詩希郢正。金隺望詩一冊奉贈，隺望即敝業師也。八月觀潮之約，甚妙甚妙，茲已賦詩以爲左券，但届時恐被他事牽率，則未敢逆料也。承惠書，謝謝。此請箸安。社弟顧无咎拜上。

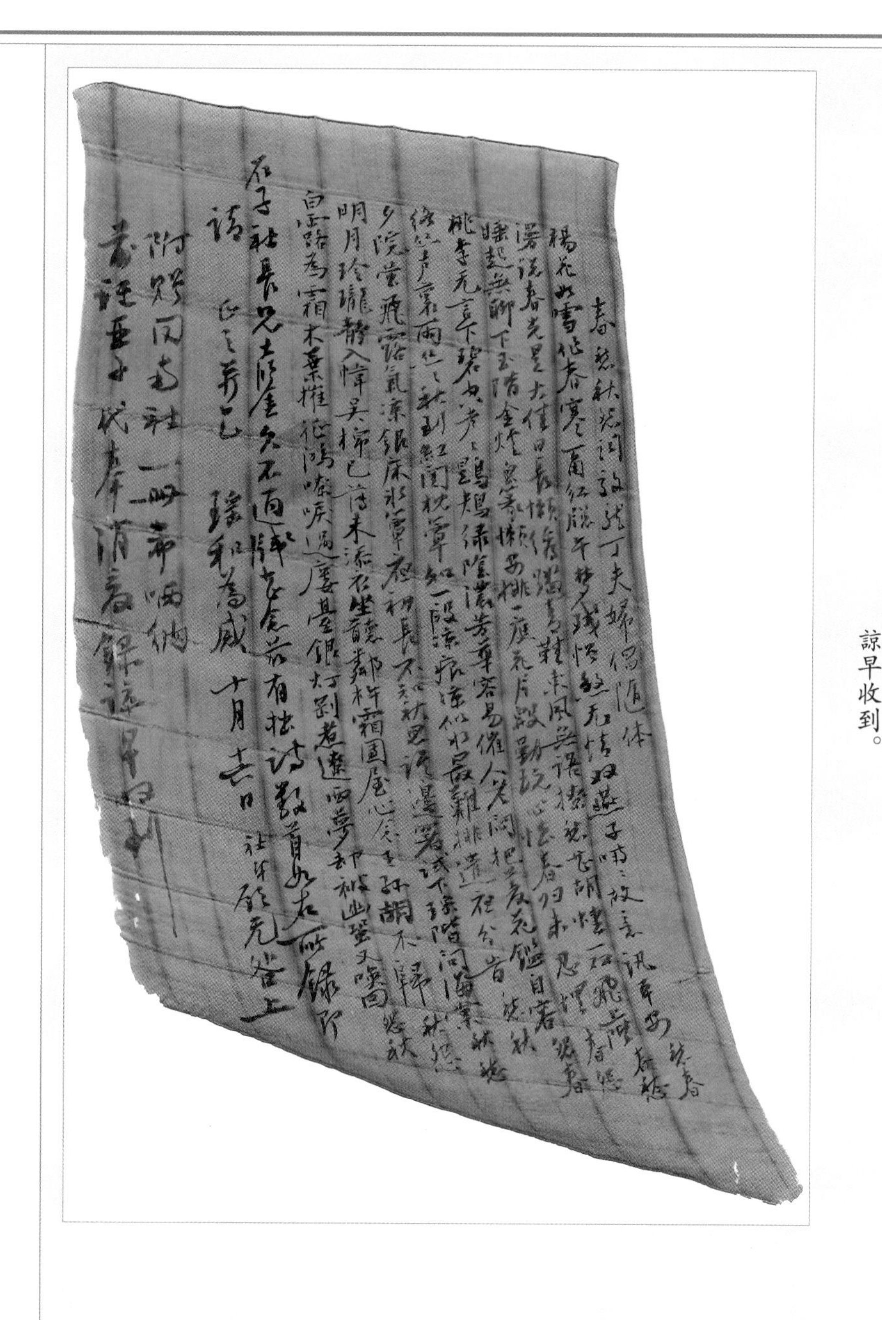

春愁秋怨詞效龍丁夫婦倡隨體

楊花如雪作春寒，一角紅窗午夢殘。憎煞無情雙燕子，喃喃故意訊平安。（愁春）

漫説春光是大佳，日長懶綉踏青鞋。東風無語撩愁甚，胡蝶一雙飛上階。（春愁）

睡起無聊下玉階，金爐寶篆懶安排。一庭花片殷勤玩，心怯春歸未忍埋。（春怨）

桃李無言下碧空，聲聲鶗鴂緑蔭濃。芳華容易催人老，悶把菱花鑒自容。（怨春）

絡絲聲裏雨絲絲，秋到紅閨枕簟知。一段凉痕凉似水，最難排遣夜分時。（愁秋）

夕院螢飛露氣凉，銀床冰簟夜初長。不知秋思誰邊署，試下瑶階問海棠。（秋愁）

明月玲瓏静入幃，吴棉已薄未添衣。坐聽鄰杵霜圍屋，心念王孫胡不歸。（秋怨）

白露爲霜木葉摧，征鴻嘹唳過廔臺。銀燈剛煮遼西夢，却被幽蛩又唤回。（怨秋）

石子社長兄大鑒：久不通箋，甚念。兹有拙詩數首如右所録，即請正之，并乞瑶和爲感。

十月十六日，社弟顧无咎上。附贈《同南社》一册，希哂納。前托亞子代奉《消夏録》，諒早收到。

顧葆瑢（婉娟）

蘇詩酒籌　顧婉娟制　姚盟梅鈔

高介子校

故鄉飄已遠（作客者飲）　雲生似吐含（吃水烟者飲）　垂蔓緑毵毵（有辮者飲）　俯首見斜鬟（低頭者飲）　偶見不能記（善忘者飲）
氣候冬猶暖（老而豪者飲）　白髮秋來已上簪（有白髮者飲）　彩綉光翻座（衣服華麗者飲）　剛健含婀娜（貌美者飲）
花開酒美盍言歸（欲歸者飲）　猶勝相逢不相識（初會面者飲）　且慰百回頭（回首者飲）　一室老烟霞（有阿芙蓉癖者飲）
形容變盡語音存（故人飲）　美惡隨意造（掔者任意行一酒令，不遵者飲）　似亦費天巧（行拍七令）　海邊無事日日醉（常醉者飲）　名與謫仙高（善詩善飲者飲）
歸意已逐征鴻翔（將別者飲）　先生卜築臨清濟（新遷居者飲）　默坐消日永（不語者飲）　咫尺不相見（居住近而不常相見者飲）　插花起舞爲公壽（敬壽者一杯）　不辭歌詩勸公飲（掔者合坐各飲一杯，行分均令，如詩不成，罰酒三杯）
張君眼力覷天奥（目力佳者飲）　柳絮飛時花滿城（行飛花令）

忘懷杯酒逢人共（合座共飲一杯） 花香襲杖履（老而嗜花者飲） 棋局消長夏（善棋者飲） 年來效喑啞（少説話者飲） 迎陽晚出步就座（出席便旋者飲） 絳紗玉斧光照廊（爲師尊者飲） 此老如松柏（年最長者飲） 赤龍白虎戰明日（尋人拇戰） 賓主更獻酬（首座及主人共飲） 提壺勸酒意難違（執壺者飲） 歸來杏子已生仁（夫人有孕者飲） 千杖敲鏗羯鼓催（行擊鼓吹花令） 忽令獨奏鳳將雛（新生子者飲） 是非憂樂都兩忘（已醉者飲） 恐君雕琢傷天和（善金石者飲） 美哉新堂成（新屋落成者飲） 富貴功名老不思（不仕者飲） 笑語作春温（掣者説一笑話，不成者罰一杯） 五斗塵勞尚足留（行踢斗令） 憶昔射策干先皇（行金門射策令） 把酒慶壽考（高年者飲） 醉吟不耐欹紗帽（冠不正者飲） 孟光舉案與眉齊（夫婦同席各飲一杯） 嗟吾豈樂鬥兩雄（兩子者飲） 各在天一陬（兄弟分離者飲） 爭買書畫不計錢（嗜書畫者飲）

手指調笙簧（善絲竹者飲）　裁作團團手中扇（執扇者飲）　執技等醫卜（善醫卜星命者飲）
弱水三萬里（曾出洋者飲）　臺中老比丘（談禪學者飲）　翠濕香裊裊（吸香烟者飲）　乘
龍安在哉（未有婿者飲）　正是河豚欲上時（方吃魚者飲）　竹外桃花三兩枝（多女者飲）

附録　人物小傳

四畫

王立佛（一八九二—一九？）

字石癡。江蘇丹陽人。南社社友。曾入中國社會黨、大同學社。

王晋瓚（一八？—一九？）

字仰笑，一字俊辛，號隱俠。松江府金山縣（今上海市金山區）人。留溪益會成員。又入留溪鳴社、春暉文社。著有《惜陰説》《强盗賦》。

王傑士（一八九五—一九六一）

字鴻逵。松江府金山縣（今上海市金山區）人。春暉文社社友。王運熙父。性誠慤，不趨時尚。長期任中學國文、歷史教師。曾任金山縣議事會議事員，《金山週報》主編。民國二十四年（一九三五）與姚光、丁迪光、朱履仁發起成立金山縣鑒社，參與編撰《金山縣鑒》（四集）。

六畫

老定

姓名、生平不詳。

吕志伊（一八八一—一九四〇）

字天民。雲南思茅（今普洱）人。南社社友。光緒三十年（一九〇四）留學日本，次年參加同盟會，爲同盟會雲南主盟人。參與發刊《雲南》雜志及《滇話報》，宣傳革命。光緒三十四年（一九〇八）籌組雲南獨立會。同年冬至仰光，任《光華日報》《進化報》主筆。宣統二年

（一九一〇）赴上海，任《民立報》主筆，三年與宋教仁等組織同盟會中部總會。辛亥革命時任雲南都督府參議。入民國，任南京臨時政府司法部次長、同盟會上海機關部副部長、民國新聞社總編、國民黨本部參議。

朱沃（一八八四—一九二九）

字繼仁，號嬾仙。湖南醴陵人。南社社友。

朱錫秬（一八？—一九？）

字悉欽，號卣香，别署健盦。松江府金山縣（今上海市金山區）人。清末貢生。松風社社友。又入留溪鳴社、春暉文社。少穎悟，有雋才。家故儒素，授徒自給。精詩詞。著有詩詞駢文等稿。

七畫

吴畸（一八九四—一九？）

原名其英，字奇隱。廣東梅縣（今梅州市梅縣區）人。吴幹妹。南社社友。早年讀書上海，後留學日本。曾任教於荷屬東印度（今印度尼西亞）。

吴淑羣

生平不詳。

何澍（一八八六—一九？）

字慕韓，一字埜臣，號緑野耕夫。松江府金山縣（今上海市金山區）人。南社社友。

何錫琛

字憲人。松江府金山縣（今上海市金山區）人。白蕉父。世業醫。光緒三十四年（一九〇八）與姚光、高堪、錢銘勳創辦欽明女學，又參與創辦張堰濟嬰局，助刊《朱涇志》，并爲姚光《重輯張堰志》繪圖。著有《達生保赤全編二種》。

汪誠一（一九三〇—　）

字成一。安徽歙縣人。姚光侄。

沈錫麟（一八？—一九？）

字栽之。松江府金山縣（今上海市金山區）亭林鎮人。縣學生員。南社社友。曾任同邑周大烈（迪前）塾師。

八畫

金天翮（一八七四—一九四七）

初名懋基，字松岑，號鶴望，別署天放樓主人。江蘇吴江（今蘇州市吴江區）人。光緒二十三年（一八九七）發起成立雪耻學會，二十八年（一九〇二）創辦吴江第一所公學『同川自治學社』。曾任吴江教育局局長，學生有柳亞子、顧无咎、王欣夫、潘光旦、費孝通、蔣吟秋、范烟橋等。著有《天放樓詩集》《文集》《女界鐘》等，譯有《三十三年落花夢》等。

周剛

字伯嚴。廣東開平人。南社社友。

波隱

姓名、生平不詳。

九畫

查仁哉

浙江嘉善人。入留溪鳴社。曾任嘉善縣署委參事會佐理，習藝所所長。

柳亞子（一八八七—一九五八）

近代詩人。原名慰高，字安如，號亞盧、亞子。江蘇吴江（今蘇州市吴江區）黎里鎮人。先後加入中國教育會、愛國學社、同盟會、光復會。與陳巢南、高天梅發起成立南社，創辦《二十世紀大舞臺》《復報》等刊。辛亥革命後又辦《警報》，並任《天鐸報》《民聲報》《太平洋報》主筆。民國十二年（一九二三）組織新南社，次年加入改組後的國民黨。民國十六年（一九二七）後主要從事民主革命和抗日救亡活動。曾任上海通志館館長等職。抗日戰争期間參加中國民主同盟，後與李濟深等發起成立中國國民黨革命委員會。中華人民共和國成立後，任中央人民政府委員、人大常委、民革中央常委、中央文史館副館長等職。著有《南社紀略》《柳亞子詩詞選》《磨劍室詩詞集》等。

律郛

姓名、生平不詳。

俞本

字立甫。生平不詳。

俞鍔（一八八七—一九三六）

原名側，字則人，號劍華，一作建華，别署高陽舊酒徒。江蘇太倉人。同盟會會員。南社社友。歷任《民國日報》編輯、福建省立圖書館館長等。著有《翩鴻記傳奇》《荒冢奇書》《蜚景集》等。

洪璞（一八九七—一九六七）

原名完，字荆山，號太完。浙江慈溪人。南社社友。曾任職北京殖邊銀行、寧波旅滬同鄉會圖書館及中華書局等處。一九六〇年受聘爲上海文史研究館館員。

姚彝伯（一八九四—一九六九）

字夷白，名公良，號伯子，又號署恬翁、一禪居士。江蘇興化人。南社社友。幼家貧，嗜讀不倦，工詩文。從名師江景園學醫，遂精醫道。曾任興化中學國文教師多年，編《國學常識講義》，譜校歌。著有《中國醫學發展史》。

十畫

袁萊

字肖廉。浙江嘉善人。愛吾詩社社員。與張天方善。

畢醰甫（一八四八—一九？）

名心粹，號殳川老人。浙江桐鄉人。擅畫蘆雁。

倪上達

字幼菊。松江府金山縣（今上海市金山區）干巷人。清末補縣學生員。南社社友。曾任同邑周大烈（迪前）塾師。

徐自華（一八七三—一九三五）

字寄塵，號懺慧，一作懺惠，别署懺慧詞人，室名聽竹樓。浙江石門（今浙江桐鄉）人。南社社友。曾任南潯女校教員。與秋瑾結爲盟姊妹，資助其刊行《中國女報》。秋瑾殉難後，於杭州西湖岳王墳側爲之買地安葬。光緒三十四年（一九〇八）與陳去病等結秋社，并於上海辦競雄女校。撰有《鑒湖女俠秋君墓表》。

徐法祖（一八七一—一九？）

字在新，號伯寅。松江府金山縣（今上海市金山區）人。光緒二十三年（一八九七）貢生。民國間任金山縣議事會議事員。

徐培弱

生平不詳。

高基（一八九五—一九六九）

字君深，又字君定。松江府金山縣（今上海市金山區）張堰鎮人。高燮侄，高天梅從弟。南社紀念會成員。工詩古文辭，識者以爲文章淵藪。創恒社。又入春暉文社、國學商兑會。一九一五年參加『張堰救國演劇』活動。一九二四年與姚光、高圭一同創辦張堰圖書館，任董事。一九三七年參與上海市博物館通志館籌備的上海文獻展覽會活動。曾執教上海聖約翰大學。著有《藥軒漫稿》《亡書憶語》《致爽軒詩話》等。

陳栩（一八七九—一九四〇）

原名壽嵩，字昆叔，後改名栩，字栩園，號蝶仙，别署天虚我生。浙江錢塘（今浙江杭州）人。南社社友。光緒二十一年（一八九五）任杭州《大觀報》編輯，三十三年（一九〇七）赴上海辦文藝刊物《著作林》。民國五年（一九一六）主編《申報》副刊《自由談》。著有小説《泪珠緣》等，爲鴛鴦蝴蝶派代表作家之一。

陳去病（一八七四—一九三三）

原名慶林，字巢南，又字佩忍，改名去病。江蘇吴江（今蘇州市吴江區）同里鎮人。南社創始人之一。一九〇三年於日本參加拒俄義勇隊，後加入同盟會，任《民報》編輯。一九〇八年於汕頭主辦《中華新報》。入民國，歷任國會參議員秘書長、江蘇革命博物館館長、江蘇省通志館編纂委員、東南大學教授等職。

十一畫

黃朝桐

字琴堂。廣西南寧隆安縣古潭鄉中真村人。南社社友。清宣統元年（一九〇九）拔貢，曾任雲南直隸州州判。民國二年（一九一三）爲縣府第一科科員，後任教於廣西百色五中、太平六中。民國二十三年（一九三四）參與編修《隆安縣志》。

張洛（一八九三—一九三一）

字頰城，號獨立，別署秋喜、阮簃。廣東合浦（今屬廣西）人。南社社友。蔡守室人。善詩畫篆刻。

張權

字心量，號翩雋。湖南慈利人。南社社友。

張光薉

字稚蘼。四川營山人。南社社友。張光蕙妹。

張宗華

字忍百，一字忍伯。松江府金山縣新街鎮（今上海市金山區朱行鎮）人。清末貢生。春暉文社、松風社社友。

張破浪（一八九二—一九？）

本名祉浩，號春水，又號普朗，以字行。江蘇松江（今上海市松江區）人。室名惟精惟一室、春水樓。南社社友。師從章太炎，著有《惟精惟一室文話》《春水樓談藪》《破浪漫筆》等。

張端寅

字仲麟。江蘇松江（今上海市松江區）人。清末諸生。性沉静，好吟咏。春暉文社、松風社社友。

張德昭

字學源。江蘇松江（今上海市松江區）人。

十三畫

楊成育

生平不詳。

十四畫

趙宗瀚（一八八九—一九四四）

白族。字澄甫，一字橘農，别號稚蝯，雲南劍川金華鎮人。趙藩次子，南社社友。歷任交通部秘書、交通部路政司司長、雲南省政府辦公廳主任。著有《淡静宧詩文抄》《橘農詩文集》《石寳山小志》《淡静宧日記》《還讀書堂日記》《湯銘盤語室日記》《癸酉日曆》《戊寅日記》等。

趙逸賢

字朗齋，號念夢。江蘇丹徒（今鎮江市丹徒區）人。南社社友。

蔡守（一八七九—一九四一）

原名珣，字哲夫，又字守一，别署成城子，别號寒瓊。室名寒瓊水榭。廣東順德人。南社社友。曾主編《天荒雜志》，參與《國粹學報》繪圖工作。先後參與國學保存會、國學商兑會、蜜蜂畫社等活動。抗戰初流寓蘇皖間，民國三十年（一九四一）病逝於南京。嗜骨董，於書畫、篆刻、碑版等均有研究。著有《畫璽録》《印雅》《印林閑話》等。

漆文光（一八九二—一九？）

號雲卿。湖南湘潭人。南社社友。

十六畫

盧卓民

字悔塵。廣東新會（今江門市新會區）人。南社社友。南社湘集成員。

十七畫

謝晋（一八八三—一九五六）

字霍晋，號齊州外室主人。湖南衡州府清泉縣（今衡陽市衡南縣）人。同盟會會員。南社社友。與傅熊湘、李澄宇、姚大慈、姚大願并稱『湘五子』。中國民主革命先驅之一，中國共産黨早期秘密黨員。『八一』南昌起義時，曾提供二十萬銀元做起義經費。建國後，歷任衡陽市各界人民代表會議協商委員會主席、湖南省人民政府委員、湖南省監察委員會副主任、湖南省政協副主席、全國人大代表。著有《屢劫餘集》《蓬萊詞》《齊州外室劄記》《蒙言》。

十九畫

龐樹松（一八八〇—一九？）

字棟材，又字樹坤，號獨笑，别署病紅、樗農，室名小長離閣、靈蕤閣等。江蘇常熟人。南社社友。光緒二十六年（一九〇〇）與黄人於蘇州創辦《獨立報》。辛亥前後辦詩鐘社。民國初爲《無錫日報》成員。著有《儂雅》《吴檮杌》等。

二十一畫

顧薰

字迺琴，號遁盦。江蘇松江（今上海市松江區）人。晚清詩人，工書，喜製謎語。希社、日河隱社社員。與高燮善。曾發起成立孔教會松江支會。著有《後漢儒林傳輯遺》《曲阜謁聖記》。

顧无咎（一八九三—一九二九）

字崧臣，號悼秋，别署服媚、飛燕舊主、神州酒帝，室名靈雲别館。江蘇吴江（今蘇州市吴江區）人。南社社友。柳亞子表侄。富藏書，喜唱酬，擅瘦金體。輯《禊湖詩拾雜編》《笠澤詞徵補編》，撰《靈雲别館散記》。

顧葆瑢

字幼芙，號婉娟，又號懷鵑。江蘇松江（今上海市松江區）人。南社社友。高燮室人。

後記

吴格

亭林周氏後來雨樓貽贈南社詩箋逾百葉/件，係成立於清宣統元年（一九〇九）之近代著名文學團體南社成員之詩文手稿墨迹，由原南社主任金山姚光（石子）先生（一八九一—一九四五）收掌，後經周大烈、東壁父子遞藏，二〇二〇年以來，由東壁老人分批貽贈復旦大學圖書館。

周大烈先生（一九〇一—一九七六），金山縣（區）亭林鎮人，幼而岐嶷，長而劬學，人品高潔，學問博洽，藏書萬卷，筆耕不輟。先生中年以前，足未出里閈，以『後來雨樓』名其居，有志於亭林鎮創辦圖書館事業，一九三七年後避難寓滬，隱居潛修以終其生。先生有志著述，所撰多關目録學及地方文獻，遺著《書目考》《知見輯佚書目》《補南史藝文志》《清代校勘學書目》《南齊書校注》《清代詞人徵略》《松江文鈔》《松江詩鈔》《雲間詞徵》等，功力深湛，藏家待刊。哲嗣東壁先生，生於一九三〇年，係年近期頤之退休醫師，兼擅醫弈，精光矍鑠，於維護先人藏書與著述不遺餘力，曾遵遺志，分批將後來雨樓藏書捐贈上海圖書館（一九九一）、静安區圖書館（一九九五）及金山區圖書館（二〇一六），化私爲公，播惠鄉邦。東壁老人貽贈復旦大學圖書館之南社詩箋，始自二〇二〇年一月，迄於二〇二一年十二月，歷次受贈清單如下：

一、二〇二〇年一月十四日　第一批貽贈（詩箋三葉）

二、二〇二〇年四月二十三日　第二批貽贈（詩箋十四葉，又《古文四象目録》抄本一册）

三、二〇二〇年五月十二日　第三批貽贈（詩箋十二葉，又《亭林周迪前先生紀念册》一册）

四、二〇二〇年八月二十一日　第四批貽贈（詩箋四十四葉）

五、二〇二〇年九月二十五日　第五批貽贈（詩箋十九葉，又《續纂華婁人物志稿》抄本一册）

六、二〇二一年十一月二日　第六批貽贈（詩箋三葉，又清黎簡、張祥河等手書册頁六件）

七、二〇二一年十二月三日 第七批貽贈（詩箋三十二葉）

七批合計，共詩箋一百二十七葉/件（另稿抄本九册/件），現已完成登記、編目、掃描及釋文，由本館古籍部、特藏部妥藏，並舉行接受捐贈儀式及小型展陳，爲便研究與流播，兹再事整理，製作圖録，公開出版。

以上詩箋，爲南社成員袁萊、王傑士（以上第一批），蔡守（悊夫）、顧薰（不園遯叟）、金天翮（鶴望）、何錫琛、老定、何澍（壄臣）、徐培弱、俞鍔、吳淑羣、顾葆瑢（婉娟）（以上第二批），顧无咎、倪上達、周剛、蔡守（成城子）、高基（君深）、楊成育、徐法祖、汪誠一（成壹）（以上第三批），龐樹松、陳栩、朱沃（嬾仙）、張洛、張光薐、王晋瓚、朱錫秬（卣香）、查仁哉、張端寅、張宗華、沈錫麟（裁之）、朱錫秬（健盦）、吳畸、俞鍔（建華）、吕志伊、陳去病、徐自華（懺慧）、漆文光、顧薰、姚彝伯（以上第四批），柳亞子、謝晋、盧卓民、朱沃（以上第五批），趙宗瀚（以上第六批），洪璞、黄朝桐、張德昭、律郛、高基（君深）、張破浪、畢醰甫、俞本（立甫）、何澍、張宗華（忍百）、張權、趙逸賢（以上第七批）五十一人四百四十五首詩文之手迹原件，詩文書法，足供賞鑒，人物交游，足資參考，吉光片羽，已自珍貴，集腋成裘，尤屬難能，筆墨瞻對，逾百年而重光，令人益感姚光先生及周氏喬梓之保全之功。

南社成員遍及海内，活躍於二十世紀前期，身際時代交替、文化轉型，多能順應潮流，各有作爲。今覽諸社友所遺詩箋，或繳社課，或相酬答，詩箋爲媒，氣求聲應，郵筒往來，切磋砥礪，感時叙事，各攄情懷，其歌咏吟唱，非僅繫於個人身世，實皆關乎時代風雲，研究考訂，猶待識者之梳理。

《南社詩箋》整理，由戴群釋讀過録，吴佳良輯集編排，鄙人任總校及策劃，九四老人周東壁先生躬親參校，蘇州古吴軒出版社編輯審定，各方效力，合作愉快，謹此致敬。中共蘇州市姑蘇區委統戰部、民革蘇州市姑蘇區基層委員會、蘇州市姑蘇區政協文化文史委員會，對本書出版均曾給予支持，並此鳴謝。

二〇二四年二月二十五日吴格謹識於復旦大學圖書館